BASTEI
LÜBBE

Aus der Taschenbuchreihe JERRY COTTON – Neuauflage – sind nachstehende Romane erhältlich. Fragen Sie im Buch- oder Zeitschriftenhandel nach diesen Titeln:

---

**Jerry Cotton**

# Die Gierigen

**Kriminalroman**

BASTEI
LÜBBE

BASTEI-LÜBBE-TASCHENBUCH
Jerry Cotton – Neuauflage –
Band 32 115

Erste Auflage: November 1971
Zweite Auflage: April 1990

Das Titelfoto zeigt eine Szene aus dem Warner-Columbia-Film ›Der Tod kommt zweimal‹. Die auf dem Foto dargestellten Personen stehen in keinem Zusammenhang mit dem Inhalt des Romans.


Titelfoto: Warner Columbia
Umschlaggestaltung: Quadro Grafik, Bensberg
Satz: Fotosatz Steckstor, Bensberg
Druck und Verarbeitung:
Brodard & Taupin, La Flèche, Frankreich
Printed in France
ISBN 3-404-32115-4

Der Preis dieses Bandes versteht sich einschließlich
der gesetzlichen Mehrwertsteuer.

Claudia fuhr plötzlich hoch und lauschte dem Geräusch nach, das sie geweckt haben mußte. Sie bemerkte nichts als das sanfte Schaukeln der Yacht und das leise Brummen der Maschinen. Die Jackaleene mußte also während der Nacht ihren Ankerplatz im Hafen von Bayonne verlassen haben. Claudia seufzte zufrieden; die Erklärung für ihr Aufwachen genügte ihr. Sie ließ sich wieder in die Kissen der engen Koje zurückfallen und schloß die Augen.

Bevor sie erneut einschlief, rüttelte eine leichte Erschütterung die Yacht durch, und dann hörte sie die Schritte über sich. Kurze, harte Schritte von Männern, die es nicht gewohnt waren, sich auf einem schwankenden Deck zu bewegen. Claudia richtete sich auf. In ihrer Kabine war es dunkel, nur schräg gegenüber, an der Schmalwand, zeichnete sich blaß die runde Öffnung des Bullauges ab.

Claudia schwang ihre Beine über den Rand der Koje, stand auf und lief zum Bullauge hinüber. Nur wenige Fuß unter ihr schimmerten die gischtenden Kämme der Bugwelle. An ihrer Geschwindigkeit konnte Claudia erkennen, daß die Yacht nur langsame Fahrt machte. In der Ferne erkannte sie eine lange, geschwungene Lichterkette aus winzigen, strahlenden Pünktchen. Sie war sicher – das mußte die Südspitze Manhattans sein. Wenn sie von Bayonne, der New-Jersey-Seite des Hudson, kamen, hielt die Jackaleene nördlichen Kurs durch die Upper New York Bay. Jenseits der Lichter färbte sich der Himmel langsam grau. Claudia hob die Armbanduhr an die Augen. Die Leuchtzeiger wiesen auf Viertel vor vier.

Wieder diese Schritte über ihr an Deck! Sie wußte, daß außer ihr nur noch ihr Vater und der alte Joe an Bord waren. Die Schritte dieser beiden Männer würde sie nicht hören können, dessen war sie sich sicher.

Claudia beschloß nachzusehen. Sie war fast nackt. Im Dunkeln raffte sie die verwaschenen Jeans an sich und schlüpfte hinein, dann suchte sie den leichten Pullover, fand ihn und zog ihn über ihren nackten Oberkörper. Geräuschlos öffnete sie die Kabinentür.

Der kurze Gang, von einer Lampe schwach beleuchtet, lag leer. Sie wandte sich nach rechts und huschte auf die kurze Treppe zu, die zur Back hinaufführte. Das Rollverdeck war zurückgeschoben. Claudia reckte ihren Kopf und spähte über das Vorderdeck. Als sie den Kopf nach backbord wandte, erstarrte sie für einen Moment.

Nur wenige Yards entfernt hoben sich die Umrisse eines anderen Schiffes vom dunklen Hintergrund ab. Es war eine langgestreckte, niedrige Yacht, wesentlich kleiner als die Jackaleene, mit schneeweißem Rumpf und rundum geschlossenem Cockpit, hinter dessen Scheiben es vollkommen finster war. Wie ein Schemen begleitete das Boot die Jackaleene, die Bordwände nicht mehr als drei Fuß voneinander entfernt. Auf keinem der Schiffe brannten die Positionslichter.

Claudia wußte plötzlich, was sie geweckt hatte – die beiden Yachten hatten sich berührt, hatten aneinander angelegt, und jemand war von der fremden Yacht auf die Jackaleene übergewechselt. Claudia stieg an Deck. Verschwommen erkannte sie einen kurzen Namenszug auf dem weißen Bug der anderen Yacht. Nur drei oder vier Buchstaben. Neugierig trat sie an die Reling. ZETA hieß das weiße Schiff.

Claudia wandte sich um. Vor ihr wuchs das hohe Cockpit der Jackaleene auf, hinter den Scheiben schimmerte es grünlich vom Widerschein der Instrumente. Claudia huschte an der geschlossenen Tür des Aufbaus vorbei, blieb achtern vor dem Niedergang zum großen Salon stehen.

Stimmengemurmel drang zu ihr herauf. Leise stieg Claudia die wenigen Stufen hinab. Sie drückte die Klinke nieder und öffnete die Tür.

Nie würde sie den Anblick der drei Männer vergessen, die bei ihrem Erscheinen herumfuhren. Das fleischige Gesicht ihres Vaters erschlaffte. Die beiden anderen hatte Claudia noch nie gesehen. Einer hielt sich im Hintergrund. Es war ein schlanker, drahtiger Bursche mit schwarzem Haar und funkelnden Augen. Er trug eine weite Leinenjacke. Seine rechte Hand glitt mit einer geschmeidigen Bewegung unter den linken Aufschlag und verharrte dort.

Der andere lehnte an dem festgeschraubten Tisch in der Mitte des Salons, eine Hand lässig in der Hosentasche vergraben. Er hatte ein schmales, gebräuntes Gesicht, ebenfalls schwarzes Haar und dunkle, unergründliche Augen. Er war klein, fast zierlich. Ein fadendünnes Bärtchen zierte seine Oberlippe. In seinem eleganten schwarzen Anzug wirkte er deplaziert an Bord einer Yacht.

Claudia sah ihren Vater an, blinzelte in die Helligkeit, brachte ein verlegenes »Guten Abend« zustande und wollte sich hastig wieder zurückziehen, weil ihr die fassungslosen Blicke der Männer Unbehagen bereiteten.

»Wer ist das?« fragte der Kleine mit dem Bärtchen. Seine Stimme klang hart.

Edmond Bradbeer, Claudias Vater, rollte die mächtigen Schultern unter seinem dicken Sweater. »Das ist meine Tochter«, beantwortete er die Frage, und zu Claudia sagte er ruhig: »Geh wieder in deine Kabine.«

Claudia nickte. Die Situation erschien ihr furchterregend.

Der Kleine hob eine weiße Hand. »Stop!« sagte er leise.

Dieses eine Wort ließ Claudia erstarren. Ihr Blick fiel auf den Tisch, und ihre Augen weiteten sich überrascht. Zwei große, lederbezogene Aluminiumkoffer standen darauf, die Deckel waren aufgeklappt. Claudias Augen hingen gebannt an den grünen, gebündelten Scheinen, mit denen die Koffer randvoll gefüllt waren. Sie trugen das Bild Andrew Jacksons, das alle 20-Dollar-Noten ziert. Claudia hielt die Luft an. Am Boden entdeckte sie einen Pappkarton. Auch dieser Behälter war mit Geldscheinen gefüllt, mit gebündelten Noten verschiedener Werte.

Der kleine Mann mit den dunklen Augen wandte sich an Bradbeer. »Das war nicht ausgemacht, Mr. Bradbeer. Keine Zuschauer. Nur wir.«

Claudia regte sich nicht. Sie hatte den fremden Akzent in der Stimme des eleganten Fremden bemerkt, und sie zerbrach sich den Kopf darüber, an welche Sprache er sie erinnerte. Die dunklen Augen richteten sich plötzlich auf Claudia. »Kommen Sie rein, Miß!«

Claudia gehorchte der zwingend ausgesprochenen Aufforderung; mechanisch stieß sie die Tür zu.

»Hören Sie!« protestierte Bradbeer rauh. »Lassen Sie meine Tochter aus dem Spiel!«

»Ihre Tochter ist fast noch ein Kind. Können Sie für ihre Zuverlässigkeit garantieren? Kennen Sie ihre Freunde? Wissen Sie, ob ihre Tochter Haschisch raucht oder was sonst gerade ›in‹ ist?« Der dunkle Typ schüttelte verächtlich den Kopf. »Ihr Amerikaner habt keinen Einfluß auf eure Kinder.«

Claudia verschränkte die Arme vor ihrer Brust. Sie hatte die Blicke des Schlanken bemerkt, die wie gebannt auf ihrem dünnen Pullover hingen, unter dem sich die Umrisse ihrer kleinen Brüste deutlich abzeichneten. »Lassen Sie meine Tochter draußen«, wiederholte Bradbeer. »Geh!«

Claudia machte einen vorsichtigen Schritt rückwärts. Der Kleine zischte einen Befehl in einer fremden Sprache. Französisch, schoß es durch Claudias Kopf. In der Hand des Schlanken erschien plötzlich eine Pistole. Eine riesige Waffe, deren schwarze Mündung genau auf Claudias Stirn wies.

»Lassen Sie das!« brüllte Bradbeer.

Der Kleine klappte ruhig den Deckel des ersten Koffers zu und ließ die Schlösser einschnappen. »Unter diesen Umständen werde ich auf das Geschäft verzichten. Sie haben gegen die Abmachungen verstoßen. Unser erstes Gebot lautet Sicherheit. Dafür können Sie nicht mehr garantieren. Schade für Sie, aber Di Marco ist immer noch interessiert. Für mich spielt das keine Rolle. Marcel wird die Flutventile öffnen. Leben Sie wohl.«

Bradbeers Gesicht verfärbte sich. »Nein!« keuchte er. Er packte den zweiten Koffer mit beiden Fäusten und stieß ihn mit voller Wucht auf den kleinen Franzosen zu. Die harte Kante traf dessen Bauch.

Bradbeer warf sich über den Tisch, seine Faust schoß vor und landete krachend in dem schmalen Gesicht. Der Kleine ächzte, taumelte und schlug die Hände vor das Gesicht.

Bradbeer ließ sich vom Tisch rollen »Lauf!« schrie er im Fallen. Er kam auf die Füße, sprang vor und packte den Kleinen am Arm. Wild riß er den Mann an sich. »Lauf!« schrie Bradbeer noch einmal.

Claudia fuhr herum und wollte die Tür aufreißen. Ein Schuß zerriß die Luft, die Kugel klatschte eine Handbreit neben Claudias Gesicht in die Türfüllung und fetzte lange Splitter heraus.

Mit zwei geschmeidigen Sprüngen war der Bursche, den der Kleine Marcel genannt hatte, heran. Mit einem rohen Griff drehte er Claudias Arm auf den Rücken.

Das Mädchen schrie auf und ging vor dem Schmerz in der Schulter in die Knie.

»Lassen Sie mich los, oder Marcel bricht Ihrer Tochter den Arm!« fauchte der Kleine. Bradbeer stieß den Franzosen von sich. Der Kleine wich zurück. Er bückte sich und sammelte die Geldbündel zusammen, die beim Sturz des Koffers herausgefallen waren und nun den Boden bedeckten.

»Lassen Sie meine Tochter los!« sagte Bradbeer. Der Franzose rief etwas, und zögernd lockerte Marcel den Griff. Claudia richtete sich auf und rieb stöhnend ihre Schulter.

Marcel hielt seine Waffe jetzt auf Bradbeer gerichtet. Der massige Mann stand steif da; aus zusammengezogenen Augen betrachtete er den Gangster mit der Waffe.

»Vater!« rief Claudia verzweifelt. »Was bedeutet das?«

Bradbeer zuckte die Achseln. Claudia bemerkte, wie sich unter dem Sweater die mächtigen Muskeln spannten. Urplötzlich warf Bradbeer sich vor, versetzte dem Kleinen, der immer noch am Boden hockte, einen harten Fußtritt in den Leib und hechtete dann zu der kleinen Kommode neben der Ledercouch. Er riß die Schublade auf, wirbelte herum, mit einem Revolver in der Faust. Noch während der Drehung zog Bradbeer durch. Der Schuß dröhnte, Marcel ließ sich fallen, hob den Arm. Claudia schrie entsetzt, als der Mann auf ihren Vater schoß. Sie sah, wie ihr Vater zusammenzuckte, vom Einschlag einer Kugel zurückgeworfen wurde. Sie warf sich auf den Arm mit der Waffe, drückte die Pistole nieder, umklammerte die Hand, dann schlug sie ihre Zähne in die behaarte Haut und biß zu.

Marcel brüllte auf, schüttelte sich wild, schleuderte das Mädchen von sich. Bradbeer richtete sich an der gegenüberliegenden Wand mühsam auf, den Arm mit dem Revolver weit von sich gestreckt. Mit der anderen Hand tastete er nach dem Lichtschalter. Bevor er ihn erreichen konnte, erwischte ihn eine Kugel Marcels genau zwischen den Augen.

Marcel rannte zu dem Kleinen, der am Boden lag und sich stöhnend krümmte. Claudia sah entsetzt zu, wie ihr Vater langsam an der Wand zu Boden rutschte. Er war schon tot, als er schwer auf die Holzplanken schlug.

Claudia wollte raus, nur raus. Sie riß die Tür auf, die sich nicht weit genug öffnen ließ. Geldbündel hatten sich unter dem Spalt verklemmt. Claudia bückte sich und zerrte die Bündel darunter hervor. Sie hielt zwölftausend Dollar in den Händen, als sie auf Deck stürmte und mit einem flachen Hechtsprung über Bord ins Wasser schnellte.

Schon kurz nach Sonnenaufgang wurde Edmond Bradbeers Leiche auf Governor's Island südlich der alten Festung an Land gespült, doch erst gegen Mittag wurde sie identifiziert. Danach verbreitete sich die Nachricht von seinem Tod wie ein Lauffeuer und setzte alle Polizeidienststellen des Hudson County in Alarmstimmung. Und nicht nur die. Es war klar, daß die großen New Yorker Gangsterbosse versuchen würden, sein Erbe anzutreten. Bradbeer hatte die Westseite des Hudson beherrscht, und er hatte es verstanden, sich die übermächtigen New Yorker vom Hals zu halten. Der König der Westseite war tot. Das bedeutete Krieg.

Die Nachricht von Bradbeers Tod erreichte uns zu Beginn der Mittagsschicht. Kaum hatte ich meine Beine unter meinem Schreibtisch verstaut, schrillte auch schon das Telefon.

»Sie möchten zum Chef kommen«, sagte Helen, die

Sekretärin des Chefs, und sie fügte hinzu: »Es scheint dringend zu sein.«

»Sofort«, grunzte ich und warf meinem Freund und Kollegen Phil Decker einen Blick aus verdrehten Augen zu.

»Auf, auf!« rief ich munter.

In John D. Highs Vorzimmer duftete es nach Helens Kaffee. Sie lächelte uns zu; Phil und ich grinsten erfreut. Helen kocht den besten Kaffee weit und breit, und es schien, als ob wir mal wieder etwas davon abbekommen sollten.

»Nehmen Sie bitte Platz«, sagte der Chef statt einer Begrüßung. Sein Gesicht war ernst, die Falten traten scharf hervor. Helen zauberte eine Tasse vor jeden von uns und zog sich lautlos zurück.

»Wir bekommen Arbeit«, begann er. »Edmond Bradbeer ist tot.«

»Woran ist er gestorben?« erkundigte sich Phil.

»Nach dem, was ich bisher weiß, an einer Kugel in der Brust und einer im Kopf. Die Leichenschau findet noch heute statt. In Manhattan . . .«

Ich pfiff leise durch die Zähne. »Also ist er auf der New Yorker Seite umgekommen?«

»Er ist hier an Land gespült worden«, verbesserte der Chef und erläuterte die Einzelheiten, die wir bisher noch nicht kannten. »Wo er starb, steht damit nicht fest. Wir werden Spezialisten ansetzen, die diese Fakten erhellen müssen. Zusammensetzung des Schmutzes in seiner Kleidung, in den Haaren, Analyse des Wassers in seiner Lunge, falls da überhaupt welches drin ist. Es wird nicht leicht sein.« Der Chef schwieg einen Moment, dann fuhr er fort: »Die Zuständigkeit des FBI ist jedenfalls gegeben. Bradbeer ist Bürger aus Bayonne, und das liegt drüben in New Jersey. Wir haben zwei Aufgaben. Unsere Gangster werden sich auf das

Vakuum in Union City, Hoboken, Jersey City und Bayonne stürzen. Keiner wird dem anderen etwas gönnen, es sei denn, das Syndikat schaltet sich ein. Der County Sheriff vom Hudson County wird eine Sonderkommission mit Beamten der betroffenen Städte zusammenstellen und von uns unterstützt werden. Doch das ist nicht Ihre Aufgabe, Jerry und Phil.«

Mein Freund und ich sahen uns überrascht an. Diese Aufgabe hätte uns reizen können. Krieg zwischen den Gangsterbanden . . .

»Sie werden Bradbeers Tod aufklären. Zuständig ist die Mordkommission Manhattan East, doch die darf nicht drüben in Bayonne ermitteln. Setzen Sie sich mit Harry Easton in Verbindung. Erhellen Sie die Hintergründe. Ich will wissen, wer von unseren Kunden so versessen darauf ist, drüben Fuß zu fassen. Dieser Weg wird sich irgendwann mit dem anderen kreuzen.« Mr. High lächelte plötzlich. »Sie werden Arbeit bekommen.«

In dem zuletzt genannten Punkt sollte der Chef recht behalten. Zu diesem Zeitpunkt konnten weder John D. High noch Phil oder ich ahnen, daß keiner unserer Kunden hinter Bradbeers Tod steckte. Ich schlürfte den Rest aus meiner Kaffeetasse. »Gibt es schon irgendwelche Anhaltspunkte?« fragte ich.

Der Chef schüttelte den Kopf und schob einen dicken Aktenordner zu uns herüber. »Bradbeers Akte. Er hat eine Tochter, zwanzig Jahre alt. Kümmern Sie sich um sie. Sie schwebt vielleicht in Gefahr.«

Phil und ich gingen in unser Office. Mein Freund studierte die Akte, während ich ein Gespräch mit der City Police von Bayonne anmeldete.

Es dauerte eine Weile, bis ich den zuständigen Mann am Rohr hatte.

»Lieutenant James Powell«, drang dann eine sympathisch klingende Stimme an mein Ohr. »Sie rufen bestimmt wegen Edmond Bradbeer an?«

»Stimmt, Lieutenant«, bestätigte ich. »In einer Stunde sind wir bei Ihnen. Wir müssen seine Tochter sprechen.«

Powell seufzte. »Ich war gerade in Bradbeers Villa. Claudia Bradbeer ist spurlos verschwunden . . .«

Hammond sah dem Mädchen zu, das wie eine halb verhungerte Wildkatze den schäbigen Inhalt eines verbeulten Kochtopfes in sich hineinschaufelte. Hin und wieder blickte sie rasch zu ihm hinüber, als ob sie befürchtete, er könnte seine Großzügigkeit bereuen und ihr den Topf wieder wegnehmen.

Hammond sah heruntergekommen aus, und er war es auch. Vor einigen Wochen war er in dem leerstehenden Lagerhaus auf der Westseite Manhattans gelandet, und er wußte, daß es verdammt schwer sein würde, hier wieder rauszukommen. Wer einmal hier gestrandet war, war am Ende.

Dann war plötzlich dieses Mädchen dagewesen. Sie war die baufällige Stiege ins Obergeschoß hinaufgekommen, gerade als er, Hammond, sein kärgliches Mittagsmahl kochte. Hammond hatte sie zunächst für einen Jungen gehalten, und beinahe hätte er sie die Stufen hinuntergeworfen. Doch jetzt war sie da, machte sich über die wenigen Vorräte her, die er nachts aus den Mülleimern der Restaurants klaute.

Hammond konnte nicht wissen, daß die ganze Stadt hinter dem Girl her war. Nun ja, die ganze Stadt war wohl etwas übertrieben. Der FBI suchte nach ihr, und auch Vernon Di Marcos Gorillas waren schon unterwegs.

Claudias dünner Pullover war bereits getrocknet,

doch der Stoff der Hose klebte immer noch unangenehm feucht an ihren Beinen. Am Battery Park an der Südspitze Manhattans war sie zu Tode erschöpft an Land geklettert, hatte sich bis Sonnenaufgang in einem Wetterhäuschen verborgen, und weil sie nicht wußte, wer die Männer waren, die ihren Vater ermordet hatten, und weil sie fürchtete, die Verbrecher könnten auch ihre Spur noch aufnehmen, war sie dann unter den Betonstelzen des West Side Highway nach Norden gewandert. Sie war müde, entsetzlich müde, und sie wußte nicht, wohin. Sollte sie ein Taxi nehmen und einfach nach Hause fahren? Bei dem Gedanken an das große leere Haus in Bayonne schauderte sie. Polizei? Vor der Möglichkeit schreckte sie plötzlich zurück. Was hatte ihr Vater mit den Männern zu schaffen gehabt? Ihr fielen unvermittelt Gerüchte ein, die um ihren Vater kursierten.

Claudia entdeckte ein leerstehendes Lagerhaus, durchstöberte das weitläufige Gebäude nach einem Schlafplatz, bis sie auf diesen Mann stieß . . .

Während sie aß, betrachtete sie ihn. Normalerweise hätte sie einem derart heruntergekommenen Mann keinen zweiten Blick geschenkt. Doch als sie das breite, verschlossene Gesicht unter dem struppigen hellen Haar genauer studierte, mußte sie sich eingestehen, daß er ihr zu gefallen begann.

»Wie alt sind Sie?« fragte sie unvermittelt. Sie hatte den Topf leergekratzt und wischte jetzt ihre schmierigen Finger an den hellen Jeans ab.

»Vierunddreißig.«

»Wie heißen Sie?« Claudia konnte sehr hartnäckig sein, wenn jemand erst einmal ihr Interesse gefunden hatte.

»Hammond.«

»Haben Sie auch einen Vornamen?«

»David.« Hammond stand auf und sammelte die herumliegenden Sachen zusammen. Seine Bewegungen wirkten abweisend.

Auch Claudia erhob sich, und langsam reckte sie ihren geschmeidigen Körper. Sie fühlte sich satt und einigermaßen zufrieden – den Gedanken an ihren toten Vater hatte sie für einige Zeit verdrängt. Sie spürte die feuchten Geldscheine auf ihrer nackten Haut unter dem Pullover und nahm rasch die Hände herunter, um die verräterischen Abdrücke der dicken Pakete zu verbergen.

Hammond wandte sich um und starrte das Mädchen verdrossen an. Er war ein großer, wuchtig wirkender Mann mit breiten Schultern, doch als er sich bewegte, war sein Gang flüssig, leicht und elastisch. Etwas Kraftvolles ging von diesem Mann aus, das Claudia beeindruckte, sie sogar irgendwie bannte. Ihre Augen trafen sich unvermittelt. Claudia versuchte, diesem durchdringenden, prüfenden Blick aus hellen, klaren Augen standzuhalten, doch dann drehte sie den Kopf und warf ihr langes, dunkles Haar auf den Rücken.

»Wohnen Sie hier?« fragte Claudia, als das Schweigen unangenehm zu werden drohte. Hammond nickte nur. »Schon lange?«

»Wie man's nimmt«, antwortete Hammond ausweichend. Wie ein unruhiges Tier begann er, in dem weiten Raum herumzulaufen. Seine großen Füße hinterließen dunkle Spuren im hellen Staub, der auf dem rauhen Betonfußboden lag.

Der Raum nahm die ganze erste Etage des alten Lagerhauses ein. Die hohen Fenster waren verdreckt, einige Scheiben fehlten. Hammonds wenige Habseligkeiten, sie bestanden aus einem alten, verbeulten, an manchen Stellen eingerissenen Koffer, einem Pappkarton und zwei schmutzstarrenden Decken, die unordentlich in der hintersten Ecke, einige Schritte von einem gesprungenen Waschbecken entfernt, lagen. Unter dem Waschbecken stand ein neuer Spirituskocher.

Hammond bückte sich zu dem Kocher nieder, schüttete aus einer Bierflasche etwas Spiritus in die Vorwärmpfanne und zündete ihn an. Dann hielt er einen Aluminiumkochtopf unter den Wasserhahn, spülte den Topf notdürftig durch, ließ ihn voll Wasser laufen und stellte ihn auf die Flamme des Kochers, die inzwischen leise fauchend brannte.

»Tee?« fragte er über die Schulter.

Claudia nickte, doch der Mann sah nicht zu ihr herüber.

Deshalb sagte sie: »Ja.« Sie warf einen Blick auf ihre winzige Armbanduhr und stellte fest, daß sie stehengeblieben war. »Haben Sie eine Uhr?« erkundigte sie sich.

»Es ist kurz nach zwei. Die Sirenen drüben in den Docks haben vor ein paar Minuten geheult. Meine Uhr habe ich eingetauscht. Für Tee und ein paar Zigaretten.«

»Haben Sie noch eine?« fragte Claudia.

Hammond schüttelte den Kopf. »Das war vor einer Woche.« Er goß das sprudelnde Wasser über die Teeblätter in einem Gefäß, das früher einmal als Vase gedient haben mochte. »Aber ich habe noch etwas Tabak und kann Ihnen eine drehen, wenn Sie das Zeug mögen.«

»Hauptsache, es ist Nikotin drin«, stimmte Claudia großmütig zu. Noch vor zehn Stunden hätte sie eine Selbstgedrehte verschmäht. Mißtrauisch beobachtete sie Hammond, der aus einer Tüte pechschwarze Tabakkrümel auf das Zigarettenpapier rieseln ließ und dann mit geschickten Bewegungen, die einige Übung verrieten, das dünne Papier um den Tabak rollte. Er befeuchtete den Rand mit der Zunge und drückte das Stäbchen dann noch leicht zurecht, ehe er es dem Girl hinüberreichte.

Hammond goß eine saubere Tasse voll Tee und gab sie Claudia. »Zucker ist nicht mehr da«, brummte er. Er setzte sich auf den Boden und lehnte sich mit dem Rükken gegen die gekalkte Wand, die Teekanne in der Hand. Claudia ließ sich auf ihre Fersen nieder und roch an dem dampfenden Tee. Hammond setzte die Kanne an den Mund und trank, dann zündete er bedächtig die Zigaretten an. Er sog den würzigen Rauch tief in die Lungen und blies ihn langsam in einem dünnen Strahl aus.

Auch Claudia trank. Interessiert betrachtete sie den fremden Mann immer wieder. Erst jetzt bemerkte sie, was sie an dem breiten Gesicht so faszinierte. Hammonds Nase war verbogen und hätte das Gesicht normalerweise häßlich wirken lassen, doch die hellen, ausdrucksvollen Augen lenkten die Blicke auf sich. Die beiden rauchten schweigend.

Claudia hielt die Stille nicht mehr aus. »Wie lange sind Sie schon hier?« erkundigte sie sich.

»Drei, vier Wochen. Ich zähle die Tage nicht. Warum?«

»Es interessiert mich eben. Haben Sie etwas ausgefressen?«

Hammond verzog die schmalen Lippen zu einem plötzlichen Grinsen. »Noch nicht«, antwortete er.

»Warum leben Sie dann hier?«

»Die Mieten in Manhattan sind zu hoch für mich.«

Claudia schüttelte den Kopf. »Das verstehe ich nicht. Hier kann man doch nicht leben! Nicht wohnen!«

»So? Wieso sind Sie denn hier gelandet?«

Claudias Gesicht verfinsterte sich. Über ihre grauen Augen legte sich ein Schatten, sie schienen plötzlich fast schwarz. »Das ist etwas anderes«, sagte sie kühl. »Sie – Sie können doch arbeiten!«

Hammond lachte bitter auf und nahm noch einen langen Zug von dem winzigen Stummel, ehe er die Kippe auf den Boden warf. »Ich hatte Arbeit, verdammt gute sogar. Einen 10 000-Dollar-Job. Aber plötzlich war ich nicht mehr gefragt, von heute auf morgen lag ich auf der Straße. Das war vor einem Jahr.« Hammond starrte auf den Boden. Er wollte diesem Mädchen nicht sein Herz ausschütten und preßte die Lippen zusammen. Unvermittelt stiegen die Bilder wieder vor ihm auf. Das kleine Reihenhaus in Great Neck, der solide Betrieb in Flushing, der für die NASA arbeitete, bis der Kongreß die Mittel für das Weltraumprogramm zusammenstrich. Und er dachte an die junge, lebenslustige Frau, die sich mit den paar Dollars, die er mit Wagenwaschen und Gartenarbeiten verdiente, nicht mehr zufriedengeben wollte. Als er dann das Haus verkaufen mußte, gab er ihr die zweiundzwanzigtausend Dollar und ließ sie gehen ...

»Sie sind arbeitslos?«

»Sie haben es erraten Kleines«, sagte er rauh und stellte die Kanne hart ab.

»Aber es muß doch Möglichkeiten geben!« rief Claudia.

»Sicher. Hilfsarbeiter in den Docks. Wissen Sie, wie viele dort anstehen, wenn mal zwei oder drei zusätzliche Leute gebraucht werden? Nein? Zwanzig, dreißig, vierzig. Sie nehmen zuerst diejenigen, die in der richtigen Gewerkschaft sind. Ich bin's nicht.«

»Was sind Sie denn von Beruf?«

»Elektroniker. Spezialist für miniaturisierte Fernsteuerungen. Können Sie sich darunter etwas vorstellen?« Claudia schüttelte den Kopf. »So einen wie mich wollen sie nirgendwo haben. Ich gehöre zum akademischen Proletariat, wie man so schön sagt. Jetzt wissen Sie's, und nun fragen Sie nicht mehr. Und bleiben Sie mir mit Ihrem Mitleid vom Hals.«

»Ich habe meine eigenen Probleme!« rief Claudia empört.

»Gewiß, gewiß, Sie stehen vor schweren Entscheidungen. Hasch oder LSD, das ist Ihr Problem. Schuß oder Joint. Ich weiß Bescheid.«

Claudia spürte, wie sie blaß wurde. Sie wußte nicht, wieso, aber sie hatte das Gefühl, sich vor diesem heruntergekommenen Mann verteidigen zu müssen. »So etwas habe ich noch nie probiert«, flüsterte sie. »Sie tun mir unrecht! Sie sind verbittert!«

»Natürlich bin ich verbittert! Mit vierunddreißig am Ende! Am Ende!« Wieder starrte Hammond das Girl durchdringend an. »Hauen Sie lieber ab. Ich bin nicht die richtige Gesellschaft für Sie. Eines Tages werde ich die Kriminalstatistik bereichern.« Unvermittelt warf er sich herum, riß den Kofferdeckel auf und wühlte in der schmutzigen Wäsche herum. Als er sich wieder aufrichtete, hatte er eine große, stumpf-schwarz schimmernde Waffe in der Hand. Es war ein Colt Commander. Claudia starrte ängstlich auf die Pistole.

Hammond lachte freudlos. »Wenn mir der Richtige über den Weg läuft . . .« Er hob die Waffe und legte den Zeigefinger unter den Fingerbügel. »Nur – es muß schnell passieren, sonst habe ich nicht einmal mehr dazu die Energie.«

Claudia blieb stumm. »Was haben Sie da unter Ihrem Pullover?« fragte Hammond. Seine Augen hingen auf dem leichten Stoff.

Claudia sah Hammond voll an. »Geld«, sagte sie.

Hammond ließ die Pistole sinken. »Sehen Sie?« sagte er. »Ich bin wie ein zahnloser Tiger. Fertig. Nicht dazu in der Lage, einem kleinen Mädchen ein paar Dollars abzunehmen.« Er warf die Waffe in den Koffer. »Hauen Sie ab!« schrie er. »Los, machen Sie, daß Sie hier verschwinden!«

»Ich weiß nicht, wohin«, flüsterte Claudia.

»Erzählen Sie keinen Blödsinn! Mit Geld kommen Sie überall hin. Also los, worauf warten Sie noch?«

»Jemand hat meinen Vater ermordet!«

Hammonds Augen wurden schmal. »Dann haben Sie hier doch erst recht nichts zu suchen. Oder haben Sie etwa . . .« Seine Augen richteten sich auf die Abdrücke der Geldbündel unter Claudias Pullover.

Claudia schüttelte heftig den Kopf. »Es waren Fremde, Franzosen glaube ich. Ich war dabei. Sie wollten auch mich umbringen . . .«

»Gehen Sie zur Polizei.«

»Nein.« Das klang endgültig.

»Warum nicht?«

Claudia zögerte. »Es geschah draußen in der Bucht. Sie haben wahrscheinlich das Schiff versenkt. Die Polizei wird mir nicht glauben.«

»Quatsch.«

»Er. . . mein Vater. . . ich glaube, er machte irgendwelche dunklen Geschäfte.«

»Er war ein Gangster?« Hammond grinste. »Solche Leute soll's geben. Wie hieß er denn?«

»Bradbeer. Edmond Bradbeer.«

»Der Bradbeer von drüben, New Jersey?« Claudia nickte. Hammond lachte jetzt laut. »Und Sie sind seine Tochter? Junge, Junge, und das muß mir passieren. Wissen Sie, daß er ein berühmter Mann war?«

Claudia reagierte nicht.

»Und dann kam jemand und knallte ihn einfach ab? Wo waren denn seine Gorillas?«

»Gorillas?« Claudia riß die Augen auf. »Sie haben zu viele Krimis gelesen. Natürlich hatte er ein paar Jungs.

Einen Chauffeur, und dann waren da noch zwei oder drei. . .«

»Und? Wo waren die, als er starb?«

»Er wollte irgend etwas erledigen, allein. Nur der alte Joe war an Bord, außer mir und ihm natürlich.«

»Junge, Junge. Und jetzt? Wollen Sie sich ewig verstecken?«

»Ich weiß es nicht.« Claudia senkte niedergeschlagen den Kopf, sie wirkte plötzlich klein und hilflos.

Hammonds Augen funkelten interessiert. Er beugte sich zurück und angelte nach der Pistole. Er warf die Pistole von einer Hand in die andere. »Erzählen Sie«, forderte er das Girl auf.

Claudia begann zu schluchzen. Hammond stand auf und hockte sich neben ihr nieder. Er legte einen Arm um ihre bebenden Schultern und zog sie sanft an sich. Unter dem dünnen Stoff spürte er ihre glatte Haut. Claudia wehrte sich nicht, als er auch den anderen Arm um sie schlang.

Dann legte sie ihren Kopf an seine Brust und weinte hemmungslos.

Meine Hand krampfte sich um den Hörer, als Powells Worte in mein Gehirn drangen. Ich verdeckte die Muschel und rief Phil zu: »Bradbeers Tochter ist verschwunden!« Dann sagte ich zu Lieutenant Powell: »Gibt es Anhaltspunkte?«

Powell seufzte wieder. »Da leben ein paar Figuren in einer großen Wohnung am Strand, nicht weit von Bradbeers Villa entfernt. Sie sind als Bradbeers Leute bekannt. Ich habe mit ihnen gesprochen. Bradbeer soll gestern abend an Bord seiner Yacht gegangen sein. Nur er, seine Tochter und ein Mann namens Joe Baird. Mehr wissen sie nicht – angeblich.«

»Wir kommen trotzdem rüber, Lieutenant. Lassen Sie nach der Yacht fahnden . . .«

»Schon geschehen. Die Coast Guard sucht nach ihr mit Booten und Hubschraubern. Nach der Yacht und den beiden Vermißten.«

»Fein. In einer Stunde sind wir bei Ihnen.«

Durch den Holland-Tunnel fuhren wir nach New Jersey rüber, kämpften uns durch Jersey City, bis wir den Highway erreichten, der in einem Bogen den nördlichen Teil der Stadt Bayonne berührt. Die Polizeibehörde mit dem Büro des Sheriffs und den Abteilungen der Kriminalpolizei waren in einem weitläufigen Gebäude aus braunem Sandstein in der 2. Straße West nahe der Bayonne Bridge untergebracht. Von der Newark Bay her wehte eine frische Brise herüber, Möwen kreisten lärmend über den Landungsstegen. Die Sonne schien und verlieh der kleinen Stadt einen freundlichen Glanz.

Phil und ich kletterten aus meinem roten Jaguar. Mein Freund reckte sich und blinzelte in die Sonne. »Ich möchte ein Boot mieten und einfach rausfahren. Fischen, schwimmen, faulenzen . . .«

»Erst wenn wir den gefunden haben, der Bradbeer in den Bach geworfen hat«, entschied ich und ging auf die Eingangsstufen zu. Phil folgte notgedrungen. Ich fragte mich zum Büro Lieutenant Powells durch und klopfte dann an die Glasscheibe in der Tür zu seinem Office.

James Powell mochte so um die Mitte Dreißig sein. Er war schlank, fast mager, und wirkte dadurch riesengroß, als er sich aus seinem Sessel stemmte, um uns zu begrüßen. Er reichte mir eine knochige Hand, verzog das hagere Gesicht zu einem freundlichen Grinsen und sagte: »Nennen Sie mich einfach Jim.«

»Okay, ich heiße Jerry, mein Kollege Phil. Gibt's was Neues?«

Powell schüttelte den Kopf. »Nichts. Ich habe vor drei Minuten noch mit der Zentrale der Küstenwache gesprochen. Die Streifenbeamten klappern sämtliche Yachthäfen ab. Wenn Sie mich fragen – die Yacht ist abgesoffen, und seine Tochter und dieser Joe Baird sind auch tot. Bradbeers Leiche ist an Land getrieben, die anderen beiden sind vielleicht unter Deck eingeschlossen.«

Ich nickte zögernd, der Gedanke lag natürlich nahe. Irgend jemand von Bradbeers Konkurrenten hatte die günstige Gelegenheit ergriffen, als Bradbeer ohne seine Leibwache unterwegs war. Sie hatten die Yacht geentert, die Besatzung und seine Tochter umgebracht und das Boot versenkt.

»Aber es muß eine Spur geben«, meinte Phil. »Bradbeer wird nicht ohne Grund allein – das heißt ohne seine Jungs – abends ausgelaufen sein.«

»Das glaube ich auch nicht«, stimmte Powell zu. »Wir müssen seine Gorillas noch einmal vornehmen.«

»Okay, brechen wir auf.«

Wir fuhren in Powells geräumiger Polizeilimousine nach Westen. Powell verließ die Hauptstraße und bog in einen schmalen Weg ein, der an flachen Bungalows und weißen Villen in weitläufigen Parks vorbeiführte. Links öffnete sich die Newark Bay.

»Diese Gegend hier heißt Robbins Reef. Hier wohnen nur Leute, die mehr als zweihunderttausend im Jahr verdienen. Sehen Sie dort«, er wies mit ausgestrecktem Arm aus dem Fenster, »hier besitzt jeder mindestens eine Yacht, viele sogar zwei oder drei.«

Hinter schützenden Wällen aus Holzplanken lagen Hunderte von Booten aller Größen vertäut. Segelyachten, offene Motorboote, schwere Kreuzer. Auf dem glitzernden Wasser der Bucht zogen weiße Segel dahin.

»Das ist Bradbeers Villa«, sagte Powell plötzlich und

wies auf eine breite Auffahrt. Er fuhr vorbei. Ich erhaschte einen flüchtigen Blick auf ein schneeweißes, zweistöckiges Gebäude mit umlaufendem Balkon. »Wir fahren zuerst zu Bradbeers Leuten.«

Zweihundert Yard weiter stoppte der Lieutenant vor einem neuen Hochhaus, einem dieser typischen Paläste aus Glas und Beton, wie sie reihenweise überall dort entstehen, wo Wasser und frische Luft zu verkaufen sind. Die Mieten in diesen Hütten können sich mit denen am New Yorker Central Park durchaus messen.

Wir stiegen aus und betraten die kühle Empfangshalle.

Powell steuerte zielsicher auf einen der Fahrstühle zu, der uns in wenigen Augenblicken in den elften Stock hinaufbeförderte. Er preßte seinen Daumen auf den Klingelknopf neben der Tür, die in Messingziffern die Zahl 1107 trug.

Wir warteten. Nichts rührte sich. Powell schellte Sturm, dünn hörten wir das Läuten auf dem Gang. Mir schwante etwas.

»Die Burschen sind weg«, sagte ich. »Was sollen sie auch noch hier? Sie suchen sich einen neuen Boß oder machen sich selbständig.«

Powell nickte grimmig. »Ich habe einen Fehler gemacht«, bekannte er.

»Sie hätten nichts machen können«, tröstete ich ihn. »Kennen Sie die Namen der Männer?«

»Zwei kenne ich. Kommen Sie bitte mit.« Wir fuhren wieder in die Halle hinunter. Powell führte uns eine halbe Treppe tiefer ins Tiefparterre, stieß eine Eisentür auf, blieb vor einer anderen Tür stehen und klopfte. Die Tür flog auf, ein älterer Mann, unrasiert und mit wirren grauen Haaren, steckte seinen Kopf heraus.

»Was wollen Sie?« sagte er unfreundlich.

»Sie sind der Hausverwalter?« Powell zeigte ihm

seine Dienstmarke. »Die Bewohner aus Apartment 1107 sind nicht da. Haben Sie die Männer gesehen?«

»Sicher. Die sind vor einer Stunde abgefahren, ziemlich eilig sogar. Die kommen nicht wieder.«

»Woraus schließen Sie das?«

»Jeder schleppte einen Koffer, deshalb.«

»Wie viele waren es?«

»Vier.«

»Wer hatte das Apartment gemietet?«

»Mr. Bradbeer. Die Leute waren bei ihm angestellt. Fragen Sie bei Mr. Bradbeer. Ich weiß von nichts.« Er wollte uns die Tür vor der Nase zuschlagen.

»Stop!« zischte Powell scharf. Der Verwalter erstarrte. »Die Männer hatten Wagen? Wie viele? Zulassungsnummern, Fabrikate, los, los, strengen Sie Ihr Gedächtnis etwas an!«

»Mein Kopf ist kein Computer. Da waren zwei Schlitten in der Tiefgarage. Schwarz, lang, in Bayonne zugelassen. Einer war ein Cadillac. Mit dem fuhr Mr. Bradbeer. Den anderen Wagen benutzten die Männer.« Powell starrte den Verwalter finster an, doch es nutzte nichts. »Bestimmt, Officer, mehr weiß ich nicht.«

Ohne ein weiteres Wort wandte Powell sich ab. »Ich frage bei der Zulassungsstelle nach«, verkündete er gelassen.

Mit Powells Dienstwagen fuhren wir zu Bradbeers Villa.

Langsam rollte die Limousine mit knirschenden Reifen über den weißen Kies auf das weiße Haus zu. Powell stoppte genau vorm Eingang, und wir stiegen aus. Powell ging auf die Haustür zu, während ich zur Ecke schlenderte, um einen Blick auf den hinteren Teil des Grundstücks zu werfen. Überrascht blieb ich stehen, als ich den Wagen sah. Es war ein kompakter Ford Falcon, grau, zweitürig. Meine Augen fielen auf das

Nummernschild – der Wagen kam aus New York. Interessiert trat ich näher und legte meine Hand auf die Motorhaube. Sie war noch warm.

Und dann hörte ich das Peitschen eines Schusses, hell und klar. Das Geräusch mußte aus dem Haus gekommen sein. Ich enteckte ein offenes Fenster im Erdgeschoß, nur wenige Schritte von mir entfernt. Ich spurtete los, erreichte das Fenster, packte das Fensterbrett und wollte, das Überraschungsmoment ausnutzend, über die Brüstung flanken. Ich sah die Bewegung, die Umrisse einer Gestalt, die unwahrscheinlich schnell reagierte. Dann dröhnte ein Schuß, die Kugel schlug neben meinem Kopf in den Rahmen, riß Splitter aus dem Holz, die über mein Gesicht fetzten.

Ich bremste den Schwung meines Körpers und ließ mich einfach rückwärts fallen. Ich schlug hart mit dem Rücken auf den Boden; Dornen eines Rosenstrauches stachen durch meinen Anzug.

Elegant wie ein Raubtier erschien plötzlich ein Mann über mir, sprang über die Fensterbrüstung und landete auf mir. Bevor ich auch nur meine Arme zur Abwehr erheben konnte, landete eine steinharte Faust an meinem Kinn. Mein Kopf ruckte zurück, und tausend Sterne tanzten vor meinen Augen. Ein zweiter Hieb explodierte auf meiner Nase. Der Schmerz drang bis ins Gehirn, dann ebbte er plötzlich ab, als ich in Finsternis versank.

Claudia beruhigte sich langsam unter Hammonds streichelnden Händen. Sie lag immer noch an seiner Brust, ihre Schultern zuckten hin und wieder. Hammond drückte das Mädchen behutsam nieder und bettete sie auf die Decken. Sie öffnete die Augen, die rot und verweint aussahen, und blickte den Mann ernst an.

Hammond beugte sich herab, berührte mit seinen Lippen flüchtig ihren Mund. Sie schloß die Augen und schien zu warten.

Hammond küßte sie, zart zuerst, dann härter und fordernd. Claudia wehrte sich nicht, wie er zunächst erwartet hatte. Nach einigen Sekunden erwiderte sie den Kuß. Hammond atmete heftiger. Er hatte seine Finger in ihre Schulter gegraben, und das Mädchen wandt sich wohlig unter dem Griff. Hammonds Hand glitt herab, seine Finger tasteten unter den Pullover, strichen über glatte Haut, bis sie gegen die Geldbündel stießen, die Claudia unter ihrem Pullover verborgen hatte. Ihr Körper wurde plötzlich steif, sie drehte den Kopf zur Seite.

»Ich will dein Geld nicht«, flüsterte Hammond heiser. »Ich will dich. . .«

Claudia vergrub den Kopf in den Armen. »Es ist nicht deshalb«, sagte sie undeutlich.

»Weshalb denn?«

»Ich weiß es nicht. Mein Vater. . . es ist alles so unwahrscheinlich, ich kann einfach nicht.«

Hammond richtete sich auf. Er suchte den Tabaksbeutel und das Zigarettenpapier und begann, zwei Zigaretten zu rollen. Er zündete beide an und blies den Rauch in Claudias Haare. »Hier«, sagte er nur.

Claudia drehte sich auf den Rücken und nahm die Zigarette. Hammonds Blicke hingen an den Rundungen ihrer Brüste, an den Abdrücken der Warzen, die sich spitz und hart unter dem Stoff abzeichneten. Claudia bemerkte den Blick, wollte impulsiv die Arme anheben, gab das Vorhaben dann jedoch auf. Der Pullover war hochgerutscht und ließ ihre weiche, gebräunte Haut sehen. Hammond atmete immer noch heftig.

Claudia hob den Oberkörper und griff mit einer Hand unter sich. Sie förderte die gebündelten Dollars zutage und warf sie achtlos auf den Boden. Hammonds Augen wurden groß, als er die sechs Bündel sah. Er nahm eins auf, ließ die Scheine durch seine Finger gleiten, dann zupfte er einen hervor, betrachtete ihn genau, rieb ihn zwischen Daumen und Zeigefinger.

»Falschgeld«, sagte er schließlich rauh.

Claudia fuhr hoch. »Falsch? Das kann nicht sein!«

Hammond warf das Bündel in ihren Schoß und nahm das nächste auf. Er prüfte die Seriennummern, griff nach einem dritten Bündel. »Alles falsch. Sieht allerdings nicht schlecht aus. Hier, sieh mal.« Er nahm die obersten drei Scheine aus vier Bündeln und hielt sie nebeneinander. »In jedem Bündel befinden sich genau einhundert Noten. Diese hundert Scheine tragen jeweils verschiedene Seriennummern, aber nur innerhalb eines einzigen Bündels. Die Nummern wiederholen sich nach genau einhundert Scheinen. Vermutlich haben die Fälscher mit Offsetplatten gedruckt. Ich weiß nicht genau, wie so etwas gemacht wird, aber ich kann es mir ungefähr vorstellen. Hundert verschiedene echte Scheine werden mit einer Reprokamera fotografiert und dann auf die Offsetplatten übertragen.« Hammond grinste.

»Dein Vater wollte Falschgeld vertreiben.«

»Nein«, sagte Claudia.

»Dann hat er es gedruckt.«

Claudia schüttelte den Kopf. Schließlich sagte sie: »Das Falschgeld gehörte dem Franzosen. Es waren zwei Koffer voll ...«

»Siehst du! Dein Vater wollte es kaufen, seine Leute sollten es unters Volk bringen. Was kam dazwischen?«

Claudia schilderte die Szene, nachdem sie im Salon aufgetaucht war.

»Zwei Koffer und ein Karton voll Geld«, sagte Hammond nachdenklich. »Die Sache ist ziemlich klar ...

Marcel hieß der eine Franzose? Der Leibwächter?« Claudia nickte. »Sonst fiel kein Name?«

Claudia schüttelte den Kopf, dann erschien eine steile Falte auf ihrer Stirn. »Doch. Der Franzose erwähnte einen Namen. Er wollte das Geschäft mit einem anderen machen. Warte, das war ... Di Marco! Di Marco! Ich erinnere mich genau!«

»Di Marco? Nie gehört. Muß auch ein Gangster sein. Kennst du den Namen?«

»Ich glaube nicht.«

»Nun«, sagte Hammond, »das ist kein Problem. Wenn er nur halb so prominent wie dein Vater ist, finden wir ihn ihm Zeitungsarchiv.«

»Willst du zu einer Zeitung gehen?«

»Nein, das ist nicht nötig. In der öffentlichen Bücherei gibt es eine fabelhafte Einrichtung. Sämtliche Zeitungen auf Mikrofilm. Du läßt dir die Rollen ins Lesegerät einspannen, und dann überfliegst du die Schlagzeilen der Gesellschaftsspalten und die Gerichtsseiten. Das kann zwar 'ne Weile dauern, aber wenn Di Marco ein bekannter Mann ist, werden wir irgendwann auf ihn stoßen.«

Claudia sah Hammond bewundernd an. »Di Marco wird uns zu diesem Franzosen führen«, flüsterte sie, doch dann verzog sie das schmale Gesicht zu einer ratlosen Grimasse. »Und was dann?«

Hammond grinste. »Polizei, was sonst? Oder willst du dich persönlich rächen?« Claudia schüttelte zögernd den Kopf. »All das Geld«, sagte sie. »Das echte ...«

»Das wird der Franzose wohl mitgenommen haben. Perdu ...«

»Seine Yacht! Zeta heißt sie!«

»Warum hast du das denn nicht gleich gesagt? Zeta! Wir müssen versuchen, das Schiff zu finden! Wenn Di Marco hier in Manhattan lebt, ist die Sache vielleicht gar nicht so schwierig. Es gibt hier nicht allzu viele Yachthäfen. Einen oben am Riverside Park, zwei auf der Ostseite ...« Hammond neigte lauschend den Kopf. »Vier Uhr. Wir sollten so schnell wie möglich anfangen.«

»Wir haben kein Geld«, meinte Claudia bedrückt.

Hammond grinste hart und nahm eins der Bündel auf.

»Dies ist ein Notfall«, entschied er und schob das Geld in seine Hosentasche. »Einverstanden?«

Claudia lächelte plötzlich über die Energie, die Hammond zu entfalten begann, und sie wunderte sich, daß sie diesem fremden Mann vertraute. Doch sie brauchte Hilfe, egal, wer sie anbot. »Einverstanden, David«, sagte sie sachlich.

Mein Knockout konnte nur eine Sekunde gedauert haben. Ich war jedenfalls sofort wieder da, mit brummendem Schädel zwar, aber immerhin. Ich hörte, wie eine Wagentür zugeschlagen wurde, und wandte heftig den Kopf; den Schmerz, der durch meine Knochen zuckte, ignorierte ich. Die Sonne spiegelte sich in der Scheibe des Falcon, doch ich sah die Bewegung dahinter. Und dann mahlte auch schon der Anlasser.

Phil und Lieutenant Powell fegten um die Ecke, reichlich spät, dachte ich. Der Falcon ruckte an, stieß zurück, auf die beiden zu. Ich schrie ihnen eine Warnung zu, und sie sprangen in die Rosenbeete.

Ich riß noch im Liegen meinen Smith & Wesson heraus und brachte ihn in Anschlag. Entweder zitterte meine Hand oder meine Augen spielten nicht mit. Der Lauf tanzte vor meinen Augen wie ein Rohr im Wind. Der Falcon wendete, Kies spritzte unter den Rädern weg. Endlich hatte ich einen Reifen im Visier und wollte durchziehen, da kamen Füße und Beine dazwischen. Ich schrie einen Fluch.

Phil und Powell standen auf dem Weg, die Waffen in ihren Fäusten. Powell stand vor Phil, und er schoß auch zuerst, gerade als der Ford in die Ausfahrt hineinschoß. Dann verschwand er hinter den Sträuchern. Wir hörten nur noch das Donnern der Maschine, danach verklang auch das Geräusch.

Phil rannte auf mich zu, packte mich am Arm. »Bist du verletzt?« fragte er besorgt. Ich schüttelte den Arm ab und knurrte wütend vor mich hin.

Phil grinste erleichtert. »Du bist wohl gefallen?« erkundigte er sich scheinheilig.

»Habt ihr den Typ gesehen?« fragte ich.

Phil und Powell schüttelten die Köpfe. »Es ging alles so schnell. Wir standen schon an der Tür . . .«

»Lassen Sie nach dem Wagen fahnden. Ich habe die Nummer. NQ-3-241. Beeilen Sie sich.«

Powell raste zu seinem Wagen. Ich ging auf das Fenster zu, durch das der Schütze gesprungen war. Der Raum erschien mir zunächst dunkel, weil hier draußen die Sonne so hell schien, doch dann, als sich meine Augen umgestellt hatten, unterschied ich Einzelheiten. Und dann sah ich es! Ich stieß scharf die Luft aus und jumpte über die Fensterbrüstung.

Auf einem tiefen Teppich neben einem niedrigen Clubtisch lag ein Mann. Ich ließ mich neben ihm auf die Knie fallen und tastete nach dem Puls. Dünn und flatternd spürte ich den Herzschlag.

»Krankenwagen, Arzt!« rief ich Phil gepreßt zu, der immer noch draußen am Fenster stand. Blitzschnell verschwand er.

Ich betrachtete den Mann. Er mochte an die Sechzig sein, vielleicht sogar darüber. Er hatte ein faltiges, verwittertes Gesicht, und obwohl es zuletzt blaß war, konnte ich doch erkennen, daß er viel Zeit in frischer Luft verbrachte. Der Gärtner? Nein. Seine Aufmachung war irgendwie anders, und er roch nach Wind und Wasser. Er trug einen dicken Pullover, der sich feucht anfühlte. Ich strich über den Stoff der ehemals weißen Segelhose; auch dieses Kleidungsstück war noch feucht.

Behutsam zog ich den Pullover hoch. Der Mann stöhnte leise. Seine knochigen Hände zuckten, fuhren in der Luft herum, machten abwehrende Gebärden. Ich sprach leise und beruhigend auf ihn ein. Dann entdeckte ich die Wunde, und ich wußte, daß jede Hilfe zu spät kommen würde.

Eine große häßliche Wunde unter dem Brustbein mit versengter Haut an den Rändern. Der Mann drückte plötzlich seine Hände auf die Wunde, der Körper krümmte sich zusammen, die Lippen öffneten sich, Blut rann aus den Mundwinkeln.

»Claudia!« flüsterten die farblosen Lippen. »Claudia!«

Ich beugte mich herab. »Was ist mit Claudia?« fragte ich eindringlich. »Hören Sie! Wo ist sie? Ich bin von der Polizei!« Das war einfacher. Das Wort Polizei würde vielleicht eher in das schwindende Bewußtsein des Sterbenden dringen als die weniger oft benutzten Buchstaben FBI.

»Über Bord«, brachte der Mann mühsam hervor. Er öffnete die Lider und sah mich aus überraschend klaren Augen voll an. »Wer sind Sie?«

»FBI«, sagte ich jetzt. »Der Krankenwagen kommt gleich. Was ist mit Claudia?«

»Ich sah wie sie über Bord sprang, nach den Schüssen ...« Er hustete, ein Schwall Blut kam mit. Er drehte den Kopf zur Seite. »Ich hörte die Schüsse, dann kam Claudia. Und dann die Männer ... sie wollten auf mich schießen . . .« Er verstummte und atmete flach in kurzen, heftigen Zügen, sein Körper verkrampfte sich wieder. »Ich bin auch über Bord . . . die Franzosen . . . Di Marco . . .« Die Worte wurden immer undeutlicher, gingen in ein unverständliches Murmeln über.

Ich drehte den Körper auf die Seite, legte den Kopf in den Nacken und hielt ihn so, bis Phil und Powell den Raum betraten.

»Die Ambulanz ist in drei Minuten hier«, sagte der Lieutenant leise. »Wie sieht es aus?«

Ich schüttelte nur den Kopf.

»Das muß Joe Baird sein. Er betreute Bradbeers Yacht.« Ich nickte. »Es ist ihm gelungen, über Bord zu springen, bevor die Gangster ihn erwischen konnten. Er sagte, auch Claudia sei entkommen.«

»Das Wasser ist warm, und wenn der Alte es geschafft hat, hat das Mädchen es vielleicht auch geschafft, an Land zu kommen«, meinte Phil.

»Wo kann sie stecken?« fragte ich. »Ihr erster Weg dürfte sie doch hierher geführt haben!« Ich hörte das Heulen einer Sirene, das rasch näher kam. Der Alte rührte sich nicht mehr.

»Wir müssen das Haus durchsuchen«, schlug Powell vor. »Wir haben den Mörder gestört. Wenn er das Mädchen nicht vor dem Alten erwischt hat . . .«

»Los!« fauchte ich. »Worauf wartet ihr?«

Phil und Powell rasten los. Ich wartete bei dem alten Joe Baird. Zwei Sanitäter und der Notarzt betraten den Raum. Der Arzt beugte sich über den Verletzten und setzte ihm das Stethoskop auf die knochige Brust. Als er sich aufrichtete, wußte ich alles.

»Er muß sofort tot gewesen sein«, sagte der Doc.

»Nicht sofort. Er hat noch etwa zehn Minuten gelebt«, stellte ich richtig. Es war zwar nicht mehr wichtig, doch ich kann manchmal pedantisch sein.

Der Arzt sah mich an wie einen, der unter Halluzinationen leidet. Ich merkte, wie er sich bemühte, nicht mit dem Kopf zu schütteln. Er beugte sich zu dem Toten nieder und drehte ihn herum.

»Sehen Sie«, sagte er. »Die Kugel hat ihm das Rückgrat zerschmettert. Vorher hat sie den Magen gestreift und die rechte Lunge zerrissen.«

»Trotzdem«, beharrte ich. »Er hat noch mit mir gesprochen.«

Bevor der junge Doc mir hätte beweisen können, daß der tot Joe Baird unmöglich mit mir gesprochen haben konnte, kamen Phil und der Lieutenant zurück. Powell schüttelte den Kopf.

»Sie ist nicht hier.«

»Rufen Sie die Mordkommission«, sagte ich zu ihm nach einem Blick auf die Leiche. »Und geben Sie eine Fahnungsmeldung an Ihre Reviere. Claudia Bradbeer ... vielleicht ist sie in Bayonne oder kommt hierher.«

Powell verließ den Raum. Ich wandte mich an Phil. »Die Fäden laufen in New York zusammen«, murmelte ich niedergeschlagen. »Der Falcon mit der New Yorker Zulassungsnummer und Di Marco ...«

Phils Kopf ruckte herum. »Di Marco?«

»Vernon Di Marco. Baird flüsterte seinen Namen, bevor er starb. Außerdem erwähnte er Franzosen.«

»Siehst du einen Zusammenhang? Bradbeer, Di Marco, Franzosen?«

Ich zuckte die Achseln. »Wir werden es herausfinden. Zuerst müssen wir das Mädchen finden. Die Gangster, die hinter Bradbeers Tod stehen, schalten schnell. Zwei Zeugen waren an Bord, einer ist schon tot.« Ich stapfte nach draußen, das Gesicht grimmig verzogen.

»Wir fahren nach Manhattan zurück, sagte ich zu Powell. »Wenn Sie irgend etwas Neues hören, egal was, ob wichtig oder nicht, rufen Sie uns sofort an.« Um meine unverbindlichen Worte etwas abzumildern, fügte ich hinzu: »Bitte.« Ich war jetzt nur noch scharf auf Di Marco. Wenn wir ihm den Mord an Bradbeer oder dem Alten nachweisen konnten, wanderte er endlich hinter Gitter. Vernon Di Marco, Vernon Di Marco, flüsterte ich vor mich hin. Ein G-man darf nicht hassen. Haß blendet, macht blind. Aber ich bin auch nur ein Mensch. Und ich habe andere Menschen gesehen, die nur noch Ruinen waren. Dank Vernon Di Marco. Vor kurzem erst hatten wir einen Teil seiner Organisation zerschlagen. Nur einen Teil. Di Marco selbst blieb unbehelligt. Suchte neue Opfer. Ich preßte die Lippen zusammen. In meinem Gehirn summte es weiter. Di Marco, Di Marco . . .

Vernon Di Marco war siebenundfünfzig Jahre alt und lebte seit fast vierzig Jahren in den Staaten. Von diesen vierzig Jahren hatte er neun in verschiedenen Gefängnissen verbracht. Die letzte Strafe lag schon fünfundzwanzig Jahre zurück. Vernon Di Marco hatte viel gelernt.

Er war ein Hüne von über sechs Fuß Länge, der sich straff und aufrecht hielt. Und er war muskulös, ohne fett zu sein, was bei starken Männern seines Alters ungewöhnlich war.

Di Marco war eitel. Viermal in der Woche besuchte er einen Massagesalon mit angeschlossenem Gymnastikstudio. Das hielt ihn fit.

Di Marco hatte seinen mächtigen Körper in einen maßgeschneiderten stahlblauen Anzug gezwängt, duftete nach Deodorants, Parfüm und Haaröl, das er freigiebig über sein volles pechschwarzes Haar verteilt hatte.

Georges Monnier rümpfte leicht angewidert die Nase. Diese Italiener! dachte er. Di Marco trug an jeder Hand zwei breite goldene Ringe, Gold im Mund und Gold an der weinroten Krawatte.

Georges Monnier, der Franzose, und Vernon Di Marco trafen sich schon zum zweitenmal an diesem Tag. Di Marco ging seinem Besucher entgegen und schüttelte ihm ernsthaft die Hand.

»Haben Sie es jetzt mitgebracht?« fragte er.

Monnier nickte und winkte Marcel. Dieser betrat hinter seinem Boß den Raum. In jeder Hand trug er einen der Aluminiumkoffer. Er wuchtete sie auf die große Schreibtischplatte. Di Marco betrachtete die Koffer interessiert.

»Haben Sie unser kleines Problem erledigen können?« erkundigte sich Monnier.

Di Marco nickte. »Mein . . . mein Mann hat vor zehn Minuten angerufen. Er hat den Alten erledigt. Das Mädchen ist verschwunden.«

»Sie wird ertrunken sein«, sagte Monnier gleichgültig. »Trotzdem – Sie sollten nach ihr suchen. Wenn sie noch auftauchen sollte . . .«

»Keine Sorge«, Di Marco entblößte zwei Reihen länglicher gelber Zähne, von denen einige in Gold gefaßt waren. »Mein Personal ist auf Draht. Und außerdem, das sollte Sie doch nicht kümmern.«

»Ich liebe Sicherheit. Ich habe das da«, er wies auf die beiden Koffer, »nicht hierhergebracht, um schließlich an unzuverlässigen Partnern zu scheitern.«

Di Marco hob protestierend die Hand. Monnier beachtete den Einwand nicht. »Ich habe mich informiert. Sie hatten Pech mit Ihren Leuten, so zuverlässig scheinen sie also nicht zu sein . . .«

»Man konnte mir nichts nachweisen«, grollte Di Marco.

»Ich weiß«, stimmte der Franzose gelassen zu. »Sonst wäre ich nicht hier. Ich habe mich erkundigt.«

Di Marco unterdrückte den aufsteigenden Zorn. Er warf einen schnellen Blick zu Tony Gramza hinüber, der neben der Tür lehnte und unbeteiligt an seinen Fingernägeln herumfeilte. Tony fungierte als Di Marcos Leibwächter. Normalerweise lief Di Marco mit drei Gorillas herum, doch er hatte sich Monniers Bedingungen gefügt und die anderen fortgeschickt.

»Sie hätten gleich zu mir kommen sollen. Und nicht erst zu diesem Provinzganoven.« Di Marco schnaufte verächtlich. »Mit ihm hatten Sie Schwierigkeiten. Mit mir wird alles glattgehen . . .«

Monnier lächelte leicht. »Bradbeers Organisation erschien mir aus bestimmten Gründen zunächst geeigneter, doch lassen wir das.« Monnier wollte den anderen nicht unnötig reizen. Den wahren Grund, warum er Bradbeer anfangs vorgezogen hatte, war verblüffend nichtssagend. Monnier liebte die Italiener nicht. Er konnte sie nicht ausstehen, das war alles. Diese Tatsache wollte er jetzt natürlich nicht erwähnen. Monnier wußte, daß Di Marco den idealen Partner für ihn darstellte. Allerdings auch aus Gründen, die Di Marco im Moment noch nicht ahnen konnte. Di Marco hatte in der letzten Zeit immense Schwierigkeiten mit der Narcotic Sguad, mit dem FBI und mit sämtlichen Polizeibehörden, die sich mit der Verfolgung von Rauschgiftverbrechen befaßten. Deshalb verfügte Di Marco über eine stattliche Zahl einigermaßen zuverlässiger Ganoven, nämlich arbeitsloser Rauschgiftverteiler, die sich mit Begeisterung auf den Job stürzen würden, den er, Monnier, ihnen bieten konnte.

Der Franzose gab Marcel einen Wink, und der schlanke junge Mann öffnete einen der beiden Koffer. Di Marcos Augen wurden groß und begannen gierig zu funkeln. Er nahm eins der Geldbündel heraus, riß die Banderole ab und rieb einen Schein prüfend zwischen den Fingern. Er hielt ihn gegen das helle Sonnenlicht, das durch ein hohes Fenster in den Raum strömte, zerknitterte den Schein zwischen den Fingern, riß ihn leicht ein. Monnier beobachtete den Hünen leicht amüsiert.

»Ganz gut«, brummte Di Marco schließlich.

»Sehr gut«, verbesserte Monnier selbstbewußt. Er wußte genau, daß Di Marco kein Spezialist für Falschgeld war. Und er wußte, daß Zwanzigdollarnoten einen unverfänglichen Wert darstellten, gleichzeitig jedoch groß genug waren, um auch Kleinverteilern noch einen genügend großen Profit zu lassen.

»Wieviel?« fragte Di Marco, jetzt knapp und sachlich.

»Das kommt darauf an, wieviel Sie abnehmen können. Wenn Sie den Alleinvertrieb übernehmen wollen, mache ich Ihnen einen guten Preis. Sie müßten in dem Fall unsere gesamte Produktion übernehmen.« Monnier legte eine kleine Pause ein, er liebte dramatische Effekte. Dann nannte er die Summe: »Zwanzig Millionen.«

»Zwanzig Millionen«, flüsterte Di Marco benommen. Seine Lippen wurden plötzlich feucht. »Zwanzig Millionen«, wiederholte er.

»Wir sind keine Käsehändler«, sagte Monnier ruhig. »Wenn Sie nicht wollen . . .«

»Schon gut, schon gut«, wehrte Di Marco ab. Er runzelte die Stirn, ließ sich in den schweren Ledersessel hinter seinem Schreibtisch fallen und begann zu rechnen. Schweigen legte sich über den Raum.

Monnier wartete geduldig ab. Di Marco würde feststellen, daß er zwei bis drei Jahre brauchen würde, um die Summe einigermaßen gefahrlos umzuwechseln. Seine Vorstellungen und die seiner Partner drüben in

Frankreich über den Umfang des Geschäftes waren realistisch. Er konnte die genannten zwanzig Millionen heranschaffen, allerdings keinen Cent mehr. Er und seine Partner waren das Risiko, amerikanische Dollars zu drucken, nur ein einziges Mal eingegangen. Sie hatten diesen Posten Zwanziger hergestellt und alle Spuren ihrer illegalen Tätigkeit verwischt, bevor sie die Blüten irgend jemandem anboten. Zuerst Bradbeer, dann Di Marco.

Di Marco verfügte über die entsprechende Organisation. Wer Rauschgift vertrieb, konnte auch Falschgeld unter die Leute bringen. Der Vorteil war, daß die Kleinverteiler nie oder nur selten die Leute über sich kannten. Selbst wenn die Polizei später den einen oder anderen fassen sollte, die gesamte Organisation konnte kaum getroffen werden. Die letzte Aktion der Polizei gegen Di Marco hatte das erneut bestätigt. Di Marco war ungeschoren geblieben, nur mit Rauschgift mußte er in der nächsten Zeit etwas vorsichtig sein.

Di Marco lehnte sich zurück und sah Monnier nachdenklich an. Geistesabwesend holte er ein goldenes Zigarrenetui aus seiner Brusttasche und fingerte eine schwarze Zigarre hervor, die er zwischen seine wulstigen Lippen schob. Tony Gramza eilte herbei und riß ein Streichholz an. Als die Zigarre brannte, scheuchte Di Marco Tony mit einer herrischen Gebärde auf dessen Wachposten an der Tür zurück.

»Es könnte klappen«, meinte er schließlich. »Ich werde vermutlich Partner brauchen, um den Kaufpreis aufzubringen, doch das ist mein Bier.« Monnier nickte unverbindlich. »Okay, dann kommt es jetzt nur noch auf den Preis und die Lieferbedingungen an.«

»Fein«, sagte Monnier. »Zwanzig Millionen, abzunehmen in einer Lieferung. Fünfzehn Prozent, Vorkasse.«

»Fünfzehn Prozent . . .« Di Marco klappte den Mund wieder zu. Das war ein verdammt anständiger Preis, doch dann kam ihm zu Bewußtsein, was die Bedingung, zwanzig Millionen en bloc zu übernehmen, bedeutete. Er mußte drei Millionen Dollar hinblättern! Drei Millionen echte Bucks!

»In einer Summe?« erkundigte er sich, obwohl er die Antwort kannte. Der Franzose schien ein harter Brokken zu sein, das hatte Di Marco schnell erkannt. Schließlich war es dem kleinen Mann gelungen, einen so ausgebufften Mann wie Bradbeer umzulegen. Bradbeer mußte den Franzosen maßlos unterschätzt haben. Di Marcos Respekt vor seinem zukünftigen Partner wuchs, und er nahm sich vor, nicht den gleichen Fehler wie Bradbeer zu begehen.

Monnier nickte. »In bar, wie gesagt. Mein Angebot gilt drei Tage.«

Er gab Marcel einen Wink, der den Kofferdeckel zuklappte und den Koffer vom Tisch wuchtete. Monnier beugte sich über die Tischplatte und nahm den losen Stapel, den Di Marco als Muster betrachtet hatte, wieder an sich.

»Zur Sicherheit«, sagte er entschuldigend und lächelte höflich.

»Drei Tage«, meinte Di Marco nachdenklich und sog langsam an seiner Zigarre. Dann nickte er. »Ich werde es früher schaffen. Morgen mittag?«

»Ich rufe an.«

Di Marco stand auf. »Nur interessehalber. Ich bin kein armer Mann, und ich habe schon viel Geld auf einem Haufen gesehen. Wieviel ist in den beiden Koffern?«

Monnier lächelte. »Je eine halbe Million«, sagte er. »Nennwert.«

»Noch eine Frage. Wo wird das Zeug gedruckt?«

»Das kann ich Ihnen ruhig verraten. In einer sehr guten Druckerei in Frankreich. Sehr zuverlässige Leute bringen es herüber.« Monnier verriet nicht, daß die Hauptlieferung schon unterwegs war und in der kommenden Nacht eintreffen sollte. Monnier war ein vorsichtiger Mann.

»Welche Garantie habe ich, daß ich wirklich den Alleinvertrieb habe? Ich möchte nicht gerne erleben, daß irgendwann jeder kleine Ganove mit den Blüten herumläuft und Wind macht.«

»Keine Sorge. Wir sind ehrliche Geschäftsleute«, versicherte Monnier ernsthaft. »Unser Wort gilt. Und unser Verlangen nach Sicherheit. Wir haben ein Sprichwort in Europa. Viele Köche verderben den Brei. Haben Sie das schon mal gehört?«

»Wir haben auch ein schönes«, grinste Di Marco. »Safety first. Kennen Sie das?«

Monnier lächelte nichtssagend und reichte dem Gangsterboß seine feingliedrige Hand. »Au revoir, Monsieur«, sagte er, »bis morgen.«

Monnier wandte sich zum Gehen. Ihm entging nicht, daß Di Marco seinem Gorilla ein Zeichen gab. Monnier lächelte immer noch, als er auf die belebte 42. Straße hinaustrat und in die Sonne blinzelte, die von Westen her schräg in die Häuserschlucht schien.

Monnier und Marcel gingen auf ihren Wagen zu – einen geliehenen Buick Rivera. Als Monnier den Strafzettel unter dem Scheibenwischer entdeckte, fiel das Lächeln schlagartig aus seinem Gesicht. Er riß das Tikket an sich und entfaltete es.

»Zwanzig Dollar!« fauchte er erbost. »Merde!«

Claudia und Hammond verließen die Subway am Times Square und ließen sich mit der Rolltreppe zur 42. Straße hinauffahren. Genau wie fast zur gleichen Zeit Monnier blinzelten sie in die tiefstehende Sonne. Sie wußten nicht, daß sie kaum fünf Fußminuten von Monnier und Marcel, dem Mörder von Claudias Vater, entfernt waren.

Als sie an einem der großen Zeitungsstände vorbeikamen, blieb Claudia plötzlich stehen, legte ihre Hand auf seinen Arm. Ihre Finger verkrampften sich im Stoff seiner Jacke. Hammonds Blick fiel auf die Schlagzeilen der ersten Nachmittagszeitungen. In Riesenschlagzeilen machten die Zeitungen Bradbeers Tod bekannt. Eine brachte ein Foto. Hammond betrachtete es genauer. Ein fleischiges Gesicht mit stechenden Augen unter buschigen Brauen. Hammond zog das Mädchen sanft mit sich fort. Er bemerkte die Tränen in ihren Augen.

Die beiden wandten sich nach Osten, wo hinter dem Bryandt Park die öffentliche Bücherei lag. Hammond entdeckte das Hinweisschild eines Geschäftes, das billige Kleidungsstücke anbot. Er folgte dem Pfeil in die schmale Nebenstraße, und zusammen betraten Claudia und Hammond den kleinen Laden.

Hammond suchte wahllos eine grüne Cordhose, ein kariertes Hemd und eine leichte Windjacke aus und stapelte die Kleidungsstücke neben der Kasse auf. Der Besitzer, ein altes, verhutzeltes Männlein mit Nickelbrille auf der spitzen Nase, addierte in Windeseile die Beträge der Preisschilder auf einer kleinen Rechenmaschine.

»Zweiunddreißig-fünfzig«, krähte er, ohne seine Kunden anzusehen.

Hammond fischte zwei der falschen Zwanziger aus der Hosentasche und legte sie auf den Zahlteller. Nervös wischte er die feuchten Hände an seiner Hose ab.

Der Alte nahm die Scheine auf, rieb sie unbewußt zwischen den Fingern, bevor er sie in der Kassenschublade verschwinden ließ und das Wechselgeld heraussuchte. Auf Hammonds breiter Stirn stand der Schweiß in hellen Tropfen. Er hatte es sich einfacher vorgestellt, die Blüten auszugeben, dabei war noch gar nichts passiert. Wachsam beobachtete er den Ladeninhaber, der sorgfältig die gekauften Teile zusammenlegte und in einen Bogen Packpapier einschlug. Hatte er etwas gemerkt, fragte sich Hammond?

Hastig griff Hammond das Paket und verließ fast fluchtartig das Geschäft. Er glaubte, die bohrenden Blicke des Alten in seinem Rücken zu spüren.

Claudia lachte. »Du machst das schon ganz gut«, sagte sie. »Nur etwas langsamer! Was kann der Alte dir schon wollen?«

Hammond schnaufte. »Du hast vielleicht Nerven!« stöhnte er. »Los, weg von hier. In der nächsten Subway-Station ziehe ich mich um.«

Sie fuhren zur Station 42. Straße/Fifth Avenue hinab, und während Hammond in der Toilette verschwand, um seine alten zerfetzten und schmutzigen Sachen loszuwerden, wartete Claudia neben einem Imbißstand. Mit hungrigen Augen betrachtete sie die kreisenden Hähnchen in dem blitzenden Grillautomaten.

Als Hammond wieder neben ihr auftauchte, hatte sie ein halbes Hähnchen in ihren Händen. »Entschuldige bitte«, murmelte sie mit vollem Mund, »ich konnte nicht mehr! Du mußt noch bezahlen.«

Hammond fischte die Münzen aus der Tasche, die er kurz zuvor als Wechselgeld bekommen hatte. Claudia stieß ihn an.

»Nimm einen Schein«, zischte sie ihm zu.

Hammond zuckte die Achseln und legte einen Zwanziger auf die Theke. Der Keeper strich den Schein achtlos ein und gab achtzehn schmutzige, zerknitterte, herrlich echte Dollarscheine und einige Münzen zurück. Hammond steckte das Geld aufatmend ein.

Wenig später ließen sie sich im Lesesaal der Bücherei nieder und hefteten ihre Augen auf den Schirm des Lesegerätes, auf dem die Seiten der Daily News der letzten drei Monate vorüberglitten. Hammond hockte entspannt in dem bequemen Sessel. Er konzentrierte seine Aufmerksamkeit auf die Berichte der Lokalseiten und der Gerichtsspalten. Eine Stunde verging, die Mikrofilme zeigten die Zeitungen neueren Datums. Hammond hatte die Hoffnung schon fast aufgegeben, Di Marcos Namen in einer Schlagzeile zu entdecken. Er machte sich darauf gefaßt, unzählige Artikel überfliegen zu müssen.

Doch dann hatte er ihn! Er nahm den Finger vom Knopf des Steuergerätes und hielt damit die Seite an.

Di Marco nach dem Verlassen des Gerichtsgebäudes, meldete eine Balkenüberschrift über einem großen Foto.

Hammond erkannte ein halbes Gesicht, das von einer großen Hand fast verdeckt wurde. Zwei Männer mit verschlossenen Gesichtern schienen die Fotografen abzuwehren. Sie trugen große Sonnenbrillen und schirmten Di Marco ab. Beide waren groß, doch Di Marco überragte sie beide. Hammond überflog den Text des Berichtes. Er brachte eine Zusammenfassung der letzten Polizeiaktionen gegen die verschiedenen Rauschgiftringe der Stadt, berichtete von den Ermittlungen gegen Di Marco und schließlich von der Einstellung des Verfahrens. Die Zeitungsredakteure waren vorsichtig, doch Hammond verstand den versteckten Sinn. Di Marco war einer der führenden Rauschgiftgangster, doch die Ermittlungen erwiesen sich schließlich als Fehlschläge. Die Versorgung der Jugendlichen mit Rauschgift ist nicht gefährdet, schloß der Artikel bitter.

Hammond schaltete das Gerät ab und stand auf. Viel hatte er nicht erfahren, doch das wenige sagte ihm genug. Sie verließen das Gebäude und traten auf die Straße hinaus.

»Und nun?« erkundigte sich Claudia.

Hammond dachte einen Augenblick nach, dann sagte er: »Komm mit.« Sie betraten eine Telefonzelle und zogen die Tür hinter sich zu. Hammond blätterte im Telefonbuch von Manhattan und fuhr dann mit dem Zeigefinger eine Spalte hinab. »Hier!« rief er dann triumphierend.

Claudia las den Namen. »Vernon Di Marco, West 42. Straße 861, Telefon 6-55-13.« Die letzten Zahlen flüsterte sie nur noch.

»Das ist nur ein paar Blocks von hier entfernt«, sagte Hammond.

»Willst du etwa zu ihm gehen?«

Hammond schüttelte den Kopf. »Noch nicht.« Er klappte das Telefonverzeichnis zu, kramte einen Nickel aus seiner Hosentasche und warf ihn in den Schlitz des Automaten. Aus dem Kopf wählte er eine lange Nummer.

»Frank Peterson«, meldete sich eine Stimme.

»Hallo, Frank! Rat mal, wer hier ist!«

»Bob Hope, Frank Sinatra . . .«

Hammond lachte. »Immer noch der alte Spaßvogel! Hier ist David!«

»David, David . . .«

Hammond lachte nicht mehr. »Hammond«, sagte er. »David Hammond!«

»Mensch, David! Von dir hat man ja lange nichts mehr gehört! Ein halbes Jahr, wie?«

»So ungefähr. Wie geht's, Frank?«

»Fein, und dir?«

»Kann nicht klagen«, behauptete Hammond.

»Hast du wieder Fuß gefaßt? Du, wir müssen uns unbedingt mal zusammensetzen. Harvey hat's auch geschafft, er verdient jetzt sogar mehr als wir damals! Stell dir mal vor! Sie hätten mich auch feuern sollen, vielleicht hätte ich mich auch verbessert!«

»Vielleicht«, stimmte Hammond zu. »Du, Frank, du kannst mir einen Gefallen tun. Du hast doch noch deine Yacht?«

»Na klar! Die gebe ich doch nicht her!«

»Ich suche ein Schiff mit dem Namen ZETA. Vielleicht kannst du mir helfen.«

»Warum nicht? Weshalb suchst du das Schiffchen? Wohnt da 'ne Puppe drauf, die dich interessiert?«

»So ähnlich«, sagte Hammond vage. »Ich erzähl's dir später. Kannst du dich mal umsehen? Die Yacht muß hier um Manhattan herum liegen.«

»Mein Schiffchen liegt im Yacht-Basin an der 108. Straße. Wenn du willst, fahre ich heute abend mal schnell rüber. Wo kann ich dich anrufen?«

»Ich bin im Moment viel unterwegs. Ich rufe dich an. So um neun?«

»Okay, Dave. Aber wenn die ZETA nicht da ist, was dann? Diese Woche kann ich dann nichts mehr für dich tun.«

»Na ja, kann man eben nichts machen . . .«

»He, Dave! Nimm du doch mein Boot! Dann kannst du die anderen abklappern!«

Hammond zog scharf die Luft ein. Mit dieser Möglichkeit hatte er nicht gerechnet, obwohl er noch vor einem Jahr oft mit Frank Olsens Boot über den Hudson gefahren war. Man traut sich selbst nichts mehr zu, wenn man erst mal einige Zeit auf dem absteigenden

Ast gelebt hat, und man glaubt nicht mehr an Freunde. Frank schien einer zu sein. Vielleicht war er nur deshalb so großzügig, weil er voraussetzte, daß er, Hammond wieder Fuß gefaßt hatte. Nicht nur vielleicht, ganz sicher sogar. Einem Arbeitslosen hätte er selbst nicht einmal ein Fahrrad geliehen. So ist das Leben.

»Danke Frank«, sagte er deshalb in beiläufigem Tonfall.

»Schon gut, Dave. Ich lasse den Schlüssel beim Clubmanager, genau wie früher.«

»Wie früher«, bestätigte Hammond mechanisch. »Danke, Frank. Und gegen neun rufe ich an. Bis später.«

»Okay.«

Hammond grinste, als er den Hörer auflegte. »Jetzt können wir die ZETA suchen und dem Franzosen das gute Geld wieder abjagen!« Er lachte übermütig und legte dem Mädchen einen Arm um die Schulter. »Jetzt haben wir auch ein vernünftiges Dach über dem Kopf!«

Claudia schmiegte sich an ihn, als sie langsam über den Gehweg schlenderten und dann in den Park abbogen.

»Ich habe Angst, David«, gestand sie. »Wir sollten doch zur Polizei gehen!«

»Das können wir immer noch.« Auch Hammond benutzte schon ganz selbstverständlich das Wort ›Wir‹. »Erst das Geld und den Mörder deines Vaters. Vorher bist du nicht in Sicherheit.«

Claudia zitterte plötzlich. »Du kennst diese Leute nicht. Hattest du schon mal mit Gangstern zu tun? Ich meine richtige Gangster, Mörder und so.«

»Weder mit Mördern noch mit so«, antwortete Hammond lachend. »Aber glaub mir, ich bin nicht von Pappe.«

Claudia glaubte ihm, denn auch sie hatte keine Ahnung, wie hart richtige Gangster sein konnten.

Ich zog den Jaguar durch die Kurve, die den New Jersey Turnpike mit dem Pulasky Skyway verbindet, der direkt zum Holland-Tunnel führt. Auf der Gegenfahrbahn hatten sich schon lange Kolonnen gebildet, und auch stadteinwärts nahm der Verkehr stetig zu. Ich wollte es noch schaffen, bevor die eigentliche Rush-Hour einsetzte und uns irgendwo festhalten würde. Ich drehte auf.

Dann senkte sich die Straße plötzlich, vor uns tauchte die Tunnelmündung auf. An den vier Zollschaltern standen Autoschlangen. Als ich das Gas wegnahm, summte das Sprechfunkgerät.

Im Tunnel war kein Kontakt möglich. Ich wechselte auf die äußerste rechte Spur und dann auf den Haltestreifen, der für Polizei und die Dienstwagen der Highway-Behörden vorgesehen war, und ließ meinen Renner ausrollen.

Phil hatte das Mikro schon in der Hand und meldete sich. Die FBI-Zentrale hatte eine Nachricht für uns.

»Betrifft Ihre Fahndung nach dem Ford Falcon, Nummer NQ-3-241. Das Fahrzeug wurde beim Verlassen des Holland-Tunnels gesichtet. Es wechselte von der Canal Street in die Seventh Avenue, Richtung Norden.«

Greenwich Village, dachte ich. Phil fragte: »Wann?«

»Vor achtzehn Minuten. Die Radio Car hat den Kontakt verloren. Die Meldung wurde an die Reviere im Village weitergegeben. Bisher keine weiteren Nachrichten. Inzwischen wurde der Name des Besitzers ermittelt. Walter Jarvis, 63 West Horatio Street.«

Phil dankte und unterbrach die Verbindung. Die Horatio Street liegt ebenfalls im Village. Ich rammte den ersten Gang rein, schaltete Rotlicht und Sirene an und drückte den Gashebel bis zum Anschlag durch. Die Durchfahrt am zweiten Ticketschalter wurde zuerst frei, und ich trieb meinen roten Flitzer in die Tunnelröhre. Donnernd brach sich das Echo der Sirene an den Tunnelwänden.

»Du erschreckst die Leute für nichts und wieder nichts«, mäkelte Phil. »Bis wir drüben sind, ist der Kerl längst weg! Er hat fast eine halbe Stunde Vorsprung, und er muß damit rechnen, daß wir die Nummer seines Wagens haben.«

»Die Spur ist noch heiß«, sagte ich stur und fügte hinzu: »Unser Typ ist drüben gefragt, Und nun halt dich fest!«

Die Wagen vor uns preschten zur Seite, als sie den Jaguar kommen sahen und hörten. Mit fast achtzig Meilen donnerten wir aus dem Tunnel heraus, bogen in die South Varick Street ein, die etwas weiter nördlich in die Seventh Avenue übergeht. Fast in der Mitte der breiten Avenue rasten wir dahin und gewannen kostbare Zeit. Doch an der Kreuzung Bleeker Street, im Herzen des Village, war es aus. Der Querverkehr blockierte die Kreuzung. Die gellende Sirene des Jaguar verwirrte die Fahrer, jeder trat auf die Bremse; der Verkehr brach zusammen. Zwei Cops sprangen auf die Straße und versuchten, das Chaos zu entwirren. Ich stoppte und schaltete die Sirene ab. Phil schnippte zwei Stäbchen aus seiner Packung und reichte mir eins.

»Jetzt haben wir Zeit«, seufzte er.

»Ruf das Revier an«, forderte ich meinen Freund ungeduldig auf. »Sie sollen die Gegend um die Horatio Street im Auge behalten. Sonst nichts.«

»Okay«, bestätigte Phil und ließ sich über unsere Zentrale mit dem Revier an der 12. Straße verbinden.

Vor mir bildete sich eine schmale Gasse. Vorsichtig manövrierte ich meinen Wagen hindurch, konnte wieder beschleunigen und bog in die Greenwich Avenue ein. Vor uns hörte ich das Jaulen einer anderen Sirene, und dann erkannte ich ein Radio Car, das sich mühsam durch den wachsenden Verkehr quälte. Ich versuchte aufzuholen und hängte mich dran. Der Streifenwagen stoppte einen Block vor der Horatio Street. Zwei Uniformierte sprangen heraus und liefen zur Ecke hinüber. Ich hielt hinter dem Polizeiwagen an.

Phil und ich rannten hinter den Cops her. Wir erreichten sie vor Enrico's Café, wo unter breiten Markisen unzählige Gäste an winzigen Tischen mitten auf dem Gehweg saßen. Neugierige Blicke folgten uns.

Ich gab mich dem Sergeant zu erkennen. »Cotton«, sagte ich und klappte meine ID-Card auf. »Sie bleiben hier. Nummer 63«, fragte ich, »wie weit ist das?«

»Das dritte oder vierte Haus, Sir.«

Phil und ich bogen um die Ecke. Ich suchte die Hausnummer am ersten Gebäude. 69. In jedem Haus befanden sich kleine Läden, Buchshops, Geschenkartikel, Antiquitäten, Kunstgalerien. Die Nummer 63 war ein freundlich erscheinendes, schmalbrüstiges altes Gebäude, das im Tiefpaterre eine Diskothek beherbergte. Die Türen standen offen; Wanda Jacksons Stimme dröhnte bis auf die Straße herauf. Phil blieb plötzlich stehen und hielt mich fest.

»Da«, sagte er nur. Ich folgte seinem Blick. Am Straßenrand stand in der zweiten Reihe der graue Ford. Sollten wir das Glück haben und den Mörder des alten Joe Baird so kurz nach der Tat fassen können?

Ich blickte an der leuchtend gelb gestrichenen Fassade hoch und zählte fünf Stockwerke. Ohne ein Wort zu wechseln, stiegen Phil und ich die Eingangsstufen hinauf.

Messingschilder neben der Tür zählten die Mieter des Hauses auf. Demnach teilten sich eine Filmproduktion, eine Arbeitsvermittlung für Gaststättenpersonal und eine Pension die fünf Etagen. Ich entschied mich für die Pension.

Phil stieß die Tür auf und ging voraus. Das Treppenhaus lag im Halbdunkel. Aus schmalen Fenstern über den Treppenabsätzen floß grünliches Licht durch grüne Scheiben. Die Räume der Pension lagen im dritten Stock. Wir stiegen über teppichbelegte Stufen leise hinauf; kein Mensch begegnete uns. Dies war ein ruhiges Haus. Die Etagentür wurde von einem dicken Lederpolster offen gehalten. Ich drückte sie ganz auf. Wir standen in einer geräumigen Diele, die ganz in Rot gehalten war – mit rotem Cord bespannte Sessel, rote Seidentapeten an den Wänden, ein roter Läufer auf dem Boden und rote Schirme um die Wandlampen. Mir kam ein Verdacht, doch den wollte ich lieber für mich behalten, man täuscht sich manchmal.

Obwohl wir kaum ein Geräusch erzeugt hatten, mußte uns jemand gehört haben, denn unvermittelt teilte sich ein roter Vorhang hinter einem einfachen Pult, und dann stand eine imposante Dame vor uns, in Rot, versteht sich.

Sie war beachtlich groß und ziemlich breit, trug eine Brille und blondiertes Haar. Hellblaue Augen blitzten uns an.

»Bitte?« Die Stimme klang durchdringend und hätte einen vollbesetzten Theatersaal füllen können.

Schweigend zückte ich meinen Ausweis und klappte das Etui auf.

In einer theatralisch wirkenden Gebärde preßte sie eine Hand auf den Mund und tat so, als ob sie einen entsetzten Aufschrei unterdrücken müßte. Ich bewunderte die Sommersprossen auf ihrem Unterarm.

»Wir möchten Mr. Jarvis sprechen», sagte ich. »Ist er im Haus?«

Sie ließ den Arm fallen und hauchte: »Ja.«

»Wann ist er gekommen?«

»Vor einer halben Stunde.«

»Okay. Und nun sagen Sie uns noch seine Zimmernummer.«

»Gehen Sie hier den Gang entlang. Die vorletzte Tür rechts.« Ihre Augen funkelten heftiger. »Hat er etwas ausgefressen?«

Ohne auf die Frage einzugehen, sagte ich: »Gehen Sie bitte in Ihr Zimmer, es könnte rauh werden.«

Die Dame unterdrückte wieder einen Schrei und zog sich hastig hinter den roten Vorhang zurück.

Phil und ich gingen über einen roten Teppichboden, der jeden unserer Schritte verschluckte, auf das angegebene Zimmer zu. Die Türen trugen keine Nummern. Sie sahen fest und massiv aus. Wir gingen an der vorletzten Tür vorbei bis zum Ende des Ganges und sahen durch das hohe Fenster in den Hof hinunter. Vor uns führte das Gerüst der Feuerleiter in die Tiefe. Ich rüttelte am Fenstergriff, er war fest verschlossen. Ich peilte nach rechts rüber, so weit ich konnte, um festzustellen, ob Jarvis' Zimmer direkten Zugang zur Feuertreppe hatte. Soweit ich es beurteilen konnte, war das nicht der Fall.

Ich nickte meinem Freund zu. Wir gingen die wenigen Schritte zurück und bauten uns links und rechts neben der Tür zu Jarvis' Zimmer auf. Ich hatte die Seite mit dem Schloß erwischt. Ich beugte mich nieder und peilte durchs Schlüsselloch. So etwas tut man normalerweise nicht, doch in diesem Fall war es eine Frage der Sicherheit. Mein Blick fiel auf einen braunen Kleiderschrank, sonst war nichts zu erkennen.

Mit der rechten Hand zog ich meinen Dienstrevolver, Phil hatte seine Waffe schon in der Faust. Dann hob ich die linke Hand und klopfte zweimal kurz gegen das Holz. Sofort ließ ich die Hand sinken, drehte den Türknauf. Zu meiner Überraschung gab die Tür nach. Ich gab ihr einen kräftigen Stoß, preßte mich eng gegen die

Wand und rief gleichzeitig: »FBI! Kommen Sie raus, Jarvis!«

Wie oft verhaften wir Verdächtige in Hotelzimmern? Zwei- oder dreimal in jeder Woche. Oft antwortet der Verdächtige mit Kugeln, versucht aus dem Fenster zu springen oder die Feuerleiter zu erreichen. Viel mehr Möglichkeiten gibt es nicht. Ein Sprung aus dem dritten Stock kam kaum in Frage. Ich wartete also auf die Schüsse. Nichts geschah.

»Jarvis!« schrie ich. »Kommen Sie heraus! Mit erhobenen Händen! Widerstand ist zwecklos!«

Tödliche Stille. Wir mußten in den Raum eindringen. Phil und ich verständigten uns mit schnellen Blicken. Ich ging in die Hocke, kroch einen halben Schritt vor, spähte um die Ecke. Wieder der Blick auf den Schrank. Das Zimmer breitete sich nach links aus und wurde somit von der Tür verdeckt. Ich sprang auf, hechtete in das Zimmer, warf mich auf den Boden, rollte herum, brachte meinen Revolver in Anschlag, ließ ihn kreisen.

Ein niedriges Bettgestell, eine Kommode, ein winziger Tisch mit zwei Stühlen davor, sonst nichts, außer einer zweiten Tür. Ich pfiff leise, Phil kam nach. Die Tür führte vermutlich zum Bad. Sie war nur angelehnt, dahinter war es dunkel. Ich holte tief Luft, warf meinem Freund einen Blick zu. Phil stand schräg hinter mir, seinen Smith & Wesson im Anschlag.

Ich stürmte vor, versetzte der sauber weiß gestrichenen Tür einen kräftigen Tritt. Sie schwang zurück, knallte gegen ein Hindernis, schwang wieder vor. Ich trat noch einmal zu. Als die Tür mir entgegenkam, schlüpfte ich im letzten Moment geduckt hindurch und ließ mich sofort in die Hocke nieder.

Ich spürte es, noch bevor ich die Umrisse der Einrichtung in diesem winzigen, fensterlosen Bad erkennen konnte – hier war niemand.

Meine tastende Hand fand den Lichtschalter, und ich knipste die Lampe an. Nichts. Der Vogel war ausgeflogen. Wütend rammte ich meinen Revolver in die Schulterhalfter und fluchte anhaltend vor mich hin. Rasch durchsuchten wir das Zimmer. Wir fanden nicht die Spur eines Beweises dafür, daß hier vor kurzem jemand gewohnt haben sollte.

Noch wütender stürmte ich in die Empfangshalle. »Hallo!« rief ich laut.

Die imposante Dame mußte hinter dem Vorhang gelauert haben. Sie glitt herein und sah mich fragend an. »Jarvis«, sagte ich hart. »Wo ist er?«

Die Blondierte zog die Augenbrauen in die Höhe. »In seinem Zimmer, oder?«

»Nicht im Zimmer. Also wo? Er ist vor einer halben Stunde hier angekommen. Sie haben ihn gehört oder gesehen. Wann ist er wieder gegangen?«

»Ich habe ihn kommen gesehen. Er ging sofort auf sein Zimmer. Danach habe ich nichts mehr von ihm gehört, bestimmt nicht. Eigentlich seltsam . . .«

Das dachte ich auch, weil sie bewiesen hatte, daß sie ausgezeichnet hören konnte. »Wie lange wohnte er hier?«

»Seit etwa einem halben Jahr. Wenn Sie es genau wissen wollen, kann ich nachsehen.«

Ich winkte ab. »Der Raum ist leer. Kein Koffer, keine Kleider. Hatte Jarvis viel Gepäck?«

»Wie bitte?« rief die Frau schrill. »Kein Koffer? Der Kerl ist abgehauen. Der kam mir doch gleich verdächtig vor! Jetzt schuldet er mir die Miete für vier Tage! Sie müssen mir helfen!«

»Wir werden Sie benachrichtigen, wenn wir ihn haben. Also hatte er Gepäck?«

»Natürlich! Zwar nicht viel, aber immerhin. Es paßte alles in einen Koffer.«

Ich fluchte lautlos. Jarvis lebte aus dem Koffer. Wie ein Killer. Stets bereit zur Flucht. Den Wagen hatte er einfach vor der Tür stehenlassen. Der Falcon war glühend heiß. Jarvis mußte dennoch Nerven wie ein Fensterputzer am Empire State Building haben, wenn er den Wagen, mit dem er erkannt wurde, noch für eine Fahrt nach New Jersey bis Manhattan benutzt hatte.

»Ich schicke einen Kollegen, der die Fingerspuren in Jarvis' Zimmer sichert. Lassen Sie so lange niemanden hinein. «Ich wandte mich um und stapfte hinaus.

»Was nun?« fragte Phil auf der Treppe.

»Mal sehen«, knurrte ich. »Jarvis' Akte durchgehen, falls der Name überhaupt richtig ist. Dann klappern wir die Kneipen in der Umgebung ab. Vielleicht finden wir einen Freund und erfahren etwas über Jarvis' Gewohnheiten. Job, Girls, was weiß ich. Wir werden sehen. Und wir werden ihn fassen«, versprach ich grimmig. Ich konnte nicht vergessen, wie der alte Joe Baird gestorben war, der nur die Tochter seines Chefs hatte warnen wollen. Und Claudia Bradbeer fiel mir wieder ein. Nach dem, was ich bisher wußte, konnte ich vermuten, daß auch sie einen Killer auf den Fersen hatte, weil sie Zeugin eines Mordes geworden war. War Di Marco der Mann im Hintergrund? Es wurde höchste Zeit, daß wir uns um ihn kümmerten . . .

Monnier hockte angespannt hinter dem Steuer des großen gelben Buick. Er liebte diese riesigen amerikanischen Schlitten nicht, doch hielt er es aus Repräsentationsgründen für notwendig, einen solchen Straßenkreuzer zu fahren. Seine Partner sollten ihn schließlich nicht für einen armseligen Ganoven halten, der seine letzten Francs für die Reise über den großen Teich zusammengekratzt hatte.

Marcel saß schweigend auf dem Beifahrersitz. Er sprach kein Wort Englisch, deshalb zog Monnier es vor, selbst zu fahren.

Obwohl der starke Nachmittagsverkehr Monniers ganze Aufmerksamkeit beanspruchte, war ihm nicht entgangen, daß sie verfolgt wurden, sehr geschickt sogar, das mußte Monnier anerkennen. Der Verfolger fuhr einen grünen Mercury, hielt sich in der Nebenspur etwa drei Wagenlängen hinter Monniers Buick. Mal kam er etwas näher, mal fiel er leicht zurück, doch er blieb dran. Monnier konnte das Gesicht hinter der spiegelnden Frontscheibe nicht erkennen; er war jedoch sicher, daß er den Mann noch nie gesehen hatte. Di Marco war kein Amateur, Monnier gab sich da keinen Illusionen hin. Das Geschäft mit Di Marco war zwar abgeschlossen, aber noch nicht abgewickelt. Die Schwierigkeiten begannen erst. Spätestens dann, wenn er, Georges Monnier, das echte Geld – drei Millionen Dollar – in seinem Besitz hatte. Er war überzeugt, daß die Gangster versuchen würden, es ihm wieder abzujagen. Der Brocken war einfach zu groß. Monnier beschloß, Di Marco eine Lektion zu erteilen.

Er ordnete sich an der 57. Straße links ein. Der Verfolger verließ die mittlere Fahrspur und zog ebenfalls nach links hinüber. Monnier lächelte zufrieden. Die Ampel sprang auf Grün, die Kolonne ruckte an, kroch langsam vor. Andere Wagen blockierten die Kreuzung. Monnier blieb vor der Ampel stehen, obwohl sie ihm noch freie Fahrt signalisierte. Er wollte den Mercury nicht abhängen. Die Ampel sprang um. Monnier war jetzt der erste, der Mercury stand drei Wagen hinter ihm. Geduldig wartete der kleine Franzose.

Bei der nächsten Ampelschaltung kamen sie beide glatt über die Kreuzung. Monnier gab Marcel rasch einige Anweisungen, dann hielt er in der Haltebucht des New Milford Hotels. Marcel stieg aus und ging auf den Hoteleingang zu. Monnier fuhr wieder an, blinkte rechts und ließ den Buick in die Tiefgarage des Hotels hinabrollen. Er hatte beobachtet, daß der grüne Mercury einen freien Platz an einer Parkuhr gefunden hatte.

Monnier verließ den Wagen, holte einen der beiden Geldkoffer aus dem Kofferraum und fuhr mit dem Aufzug in die Empfangshalle hinauf. Marcel erwartete ihn an der Lifttür. Marcel wies unauffällig auf einen schlanken Mann mit nichtssagenden Gesichtszügen und abstehenden Ohren, der am Zeitungskiosk in der Halle stand und interessiert die Schlagzeilen studierte.

Monnier und Marcel schritten ruhig zur Rezeption. Monnier stellte seinen Koffer ab und fragte nach zwei Einzelzimmern. Der Clerk schob das Buch über die Tischplatte, und Monnier trug zwei Phantasienamen ein. Aus den Augenwinkeln verfolgte er den schlanken Mann mit den abstehenden Ohren, der jetzt in einer Telefonzelle verschwand.

Monnier hielt plötzlich inne, sah den Angestellten hinter dem Pult fragend an. »Wohnt hier ein Mr. Edward Hinshaw?« Der Name war ihm gerade eingefallen.

Der Hotelmensch blätterte eine Liste durch und schüttelte dann den Kopf. »Tut mir leid, Sir. Vielleicht kommt der Herr noch?«

Monnier runzelte die Stirn, steckte seinen Füllhalter wieder ein und sagte: »Streichen Sie meine Buchung. Ich warte, bis Mr. Hinshaw eingetroffen ist.«

»Wie Sie wollen«, bestätigte der Clerk höflich.

Monnier wandte sich um. Der Verfolger verließ die Zelle und sah kurz zu den beiden Franzosen hinüber. Monnier ergriff seinen Koffer, ging zu den Aufzügen und drückte auf den Abwärtsknopf. Marcel wartete in der Halle.

Der Verfolger hieß Steve Jameson. Er ließ sich in einen Ledersessel fallen und entfaltete ein Magazin. Leicht verwundert stellte er fest, daß der eine Franzose den Lift bestieg, während der andere in der Nähe der Drehtür herumlungerte. Jameson zuckte die Achseln. Er wollte zu lesen anfangen, als sein Blick auf den Stockwerksanzeiger des Fahrstuhls fiel, den der kleine Franzose bestiegen hatte. Er fuhr steil aus seinem Sessel auf. Der Franzose fuhr wieder in die Tiefgarage!

Jameson rannte zur Rezeption, beugte sich über das Pult und fragte den Clerk nach den beiden Franzosen. Die Auskunft, die er bekam, ließ ihn erblassen. Tony Gramza, Di Marcos rechte Hand, hatte keinen Zweifel an der Wichtigkeit des kleinen Franzosen gelassen. Er durfte ihn einfach nicht aus den Augen verlieren. Und er mußte den Boß verständigen, der jetzt annahm, daß Monnier in diesem Hotel abgestiegen war.

Jameson begann zu schwitzen. Hastig kramte er in seinen Taschen, fand einen Nickel und lief auf die Telefonzellen zu. Dumpf dämmerte ihm die Erkenntnis, daß hier eine Story ablief, deren Pointe für ihn noch im dunkeln lag.

Er riß die Kabinentür auf. Bevor er die Zelle betrat, sah er zu dem langen Franzosen hinüber, der in diesem Moment durch die Drehtür ins Freie wirbelte. Jameson fluchte, ließ die Zellentür sausen und rannte ebenfalls nach draußen.

Marcel ließ sich in den gelben Buick fallen, der in der Ausfahrt der Tiefgarage stand. Monnier beobachtete vergnügt seinen Verfolger, der gerade in den Mercury kletterte. Als der Franzose annehmen konnte, daß der andere seinen Motor gestartet hatte, fuhr er los.

»Hat er noch mal telefoniert?« erkundigte sich Monnier.

»Er kam nicht mehr dazu«, antwortete Marcel.

Monnier nahm seine ursprüngliche Richtung wieder auf. Er folgte der 57. Straße bis zur West End Avenue, bog nach Norden ab und ließ sich mit dem Strom der endlosen Autoschlangen nach Norden treiben. An der 79. Straße bog er rechts ab, rollte rasch auf die Einfahrt zum Riverside Park zu und stoppte auf dem Parkplatz vorm Eingang zum Yacht-Hafen unter den Betonstelzen des Henry Hudson Parkway.

Der grüne Mercury kam heran und parkte etwa dreißig Yard entfernt. Monnier und Marcel stiegen aus. Monnier verschloß sorgfältig den Buick. Wieder gab er Marcel präzise Instruktionen. Die beiden Männer gingen durch den Eingang zum Yacht Basin auf das Dock hinaus. Der Hudson war hier breit; das felsige Ufer drüben war im Dunst kaum auszumachen. Doch vor ihnen erstreckte sich die Werft, übersät von Segel- und Motoryachten. Auf der Terrasse des Clubhauses sonnten sich die Gäste. Monnier wandte sich nach rechts, um vom Clubhaus her nicht mehr so genau gesehen zu werden. Der Verfolger betrat ebenfalls das Hafengelände und sah sich um.

Monnier blieb neben einer abgedeckten Yacht stehen. Marcel ging zurück, genau auf den Verfolger zu. Jameson starrte dem Franzosen mißtrauisch entgegen, doch bevor er eine Gefahr wittern konnte, war der Mann heran, stellte sich hinter ihn und preßte ihm die Mündung einer Pistole in den Rücken. Jameson erstarrte augenblicklich, nur seine Augen gingen hin und her, als ob sie Hilfe suchten.

Doch an Hilfe war nicht zu denken. Bis zum Clubhaus war es zu weit, und auf den Stegen war kein Mensch zu sehen. Es war ein gewöhnlicher Dienstag, und keiner der Bootsbesitzer arbeitete an seinem Schiff, lief gerade ein oder aus. Jedenfalls keiner, der in Rufnähe war.

»He! Was soll das?« zischte er. Er bekam keine Antwort. Statt dessen drückte der Franzose den Lauf seiner Waffe nur noch fester in sein Kreuz und trieb ihn so vorwärts, auf den anderen zu.

Marcel hielt sich dicht hinter dem Mann mit den abstehenden Ohren und verdeckte so die Hand mit der Pistole. Als sie neben Monnier ankamen, blieb Marcel stehen.

Monnier trat zur Seite. »Sie gehen jetzt voraus«, sagte er gelassen. »Machen Sie bitte keine falsche Bewegung, mein Partner versteht kein Englisch, Sie können ihm also nichts erklären. Deshalb würde ich an Ihrer Stelle nicht einmal zu einem Taschentuch zu greifen versuchen. Haben Sie verstanden?«

Jameson nickte. Er hatte die Brauen finster zusammengezogen. Die drei Männer schritten über den Steg. Fast am Ende blieben sie stehen. Monnier sprang an Deck einer schneeweißen Yacht – es war die ZETA. Er schloß die Cockpittür auf und verschwand im Innern. Nach knapp einer Minute rief er Marcel etwas zu. Der große Franzose stieß Jameson vorwärts, der an Bord sprang, seinen Kopf einzog und das niedrige Cockpit betrat. Marcel bedeutete ihm mit einer Handbewegung, über einen kurzen Niedergang die tiefer gelegene Kabine zu betreten.

Ungeschickt stolperte Jameson die wenigen Stufen hinab, dann richtete er sich auf und sah sich in der engen, jedoch gemütlich eingerichteten Kabine um. Viel konnte er nicht mehr erkennen. Ein mörderischer Hieb traf seinen Hinterkopf. Ohne einen Laut von sich zu geben, brach er zusammen und fiel schwer auf den Boden.

Am frühen Abend saßen Phil und ich wieder unserem Chef gegenüber. John D. High faßte unseren Bericht über die Ereignisse des Nachmittags in einem einzigen Satz zusammen: »Bis jetzt stellt Walter Jarvis also die einzige Verbindung zu den Männern im Hintergrund dar.«

»Wenn wir ihn finden«, bestätigte ich. »Das Archiv hat nichts über ihn. Unsere einzige Hoffnung sind seine Fingerprints. Das Revier hat einen Detective in Jarvis' Pension geschickt. In ein, zwei Stunden wissen wir mehr.«

»Keine Spur von Claudia Bradbeer?« erkundigte sich der Chef.

Ich schüttelte stumm den Kopf. Phil sagte: »Wir sollten Di Marco auf die Bude rücken.«

»Mit welcher Begründung?«

»Ohne. Einfach so. Ihm zu verstehen geben, daß wir etwas wissen. Ihm Angst einjagen.«

John D. High schüttelte ablehnend den Kopf, sein Gesicht verschloß sich. Ich wußte, daß er Phil am liebsten zugestimmt hätte. »Seit den letzten Ermittlungen steht er wieder makellos da, wenigstens vor dem Gesetz. Er würde sofort seine Anwälte auf uns hetzen, und die würden Zeter und Mordio schreien. Nein, nein, das hat wenig Zweck.«

Ich hatte es ja gewußt, und trotzdem fluchte ich innerlich. »Wir sollten ihn wenigstens überwachen lassen«, schlug ich vor.

Der Chef lehnte wieder ab. »Noch nicht. Bringen Sie Beweise, wenigstens Anhaltspunkte dafür, daß Di Marco seine Finger im Spiel hat.«

»Joe Baird hat seinen Namen genannt. Da gibt es keinen Zweifel«, gab ich zu bedenken.

»Tote Zeugen sind vor amerikanischen Gerichten nicht zugelassen«, konterte der Chef trocken. »Nichts zu machen. Bringen Sie mehr, und ich werde alle Hebel in Bewegung setzen. Vereinbaren wir einen Kompromiß: Warten wir noch zwölf Stunden ab. Sollten Sie bis dahin nichts erfahren, was unseren Verdacht gegen Di Marco erhärtet, werden wir vielleicht Maßnahmen ergreifen. Einverstanden?«

Ich nickte nur.

»Fein. Und nun habe ich Ihnen einiges mitzuteilen.« Der Chef zog einen flachen Stapel Papiere zu sich heran. »Ein Hubschrauber der Küstenwache hat Trümmer und Ausrüstungsgegenstände eines Schiffes auf der Brooklyn-Seite der Upper Bay gesichtet, ein Patrouillenboot hat daraufhin einen Rettungsring und einen leeren Wasserkanister aus dem Wasser gefischt. Der Rettungsring stammt eindeutig von Bradbeers Yacht. Er trägt die Aufschrift Jackaleene.«

Ich wurde munter. »Konnte man berechnen, wo die Yacht gesunken ist?«

»Das wird schwer sein, die Sachen wurden erst heute nachmittag gegen vier Uhr gefunden. Vorbeifahrende Schiffe können sie weit abgedrängt haben. Wir versuchen es trotzdem.«

John D. High nahm einen weiteren Bericht auf. »Das vorläufige Obduktionsergebnis von Edmond Bradbeer. Er starb an einer 9-Millimeter-Parabellum-Kugel, Todeszeit zwischen vier Uhr dreißig und fünf Uhr dreißig. Diese Zeit habe ich den Experten der Küstenwache als mutmaßliche Zeit für den Untergang der Jackaleene angegeben.« Er lächelte. »Sie werden alles versuchen. Ich warte jetzt noch auf die chemische Analyse der Spuren aus Bradbeers Kleidung, vielleicht ergeben sich auch dort Anhaltspunkte darüber, wo er ins Wasser geworfen wurde. Was werden Sie unternehmen?«

»Di Marco ist tabu, die Fahndung nach Claudia Bradbeer läuft. Es bleibt Walter Jarvis. Wir werden uns in der Umgebung seiner Pension umhören. Ich habe den Mann kurz gesehen und schätze ihn auf Anfang Zwanzig, höchstens Fünfundzwanzig. Wir werden uns in Diskotheken und Kneipen umhören.«

»Okay, aber melden Sie sich alle halbe Stunde.«

Phil und ich zogen wieder los. Wir verzichteten auf das karge FBI-Kantinenfutter, weil wir uns vermutlich die halbe Nacht in Lokalen aller Art um die Ohren schlagen würden. Ich parkte meinen roten Renner wieder auf der Greenwich Avenue, und zu Fuß gingen wir die kurze Strecke bis zur Horatio Street, wo wir mit unseren Nachforschungen beginnen wollten. Es war noch nicht ganz dunkel, also noch etwas zu früh, normalerweise jedenfalls. Doch nicht im Village, hier gehen die Uhren anders. In allen Pinten war schon lange Hochbetrieb.

»Getrennt marschieren . . .«, sagte ich.

»Vereint schlagen«, ergänzte Phil vergnügt.

»Amüsier dich nicht zu gut «, warnte ich. »Du bist im Dienst.«

»Keine Sorge. Ich denke an die Spesen, da vergeht mir der Durst. Bis später, in einer halben Stunde am Jaguar?«

»Okay.« Phil wechselte auf die andere Straßenseite hinüber und mischte sich drüben unter die Passanten.

Ich schlenderte bis zum Haus mit der Nummer 63, in dem Jarvis gewohnt hatte. Der graue Ford war verschwunden, abgeholt von den Revierdetectivs. Ich stieg die wenigen Stufen hinab. Die Tür zu diesem Beatkeller stand immer noch offen, doch jetzt schützte ein dicker Filzvorhang die Gäste drinnen vor der Kühle des Abends und die Passanten draußen vor dem Dröhnen der Lautsprecher.

Die Theke war dicht umlagert. Sie bestand aus einer langen Mahagonibar mit Messinggriffleiste, an der sich junge Leute festhielten. Niemand sprach mit dem anderen, es wäre schlicht unmöglich gewesen. Auf der winzigen Tanzfläche drehten sich drei oder vier Pärchen, alles langhaarige Figuren, deren Geschlechte nur bei näherem Hinsehen auszumachen waren. Stop, eins der Girls, ein junges Ding mit umwerfend langen Beinen, trug knappe, unwahrscheinlich kurze Hot Pants. Obwohl im Village alles möglich ist, mußte das wirklich ein Girl sein. Solche Beine hat eben nur ein Mädchen. Es lebe der kleine Unterschied!

Ein Bursche mit weißer Jacke und pechschwarzem Bart tauchte urplötzlich neben mir auf und brachte seinen Mund in die Nähe meines Ohres. Die Barthaare begannen mich zu kitzeln.

»Was wünschen Sie?« brüllte er. Mißbilligend folgte er meinem Blick. Vielleicht hielt er mich für einen dieser alten Gaffer oder Voyeure, die sich am Anblick kleiner Mädchen ergötzen. Ich wollte diesen Eindruck möglichst rasch verwischen und boxte mich zur Theke durch. Der Typ blieb mir auf den Fersen. Er hielt mich am Ärmel fest und brüllte mir wieder etwas ins Ohr. In dem Moment erstarb unvermittelt die Musik.

»Warum schreien Sie so?« fragte ich milde und überlegte dabei krampfhaft, was gerade ›in‹ war in diesen Kreisen. An Getränken, meine ich. »Coke mit Rum«, sagte ich schnodderig. Warum eigentlich nicht?

Der Bursche brachte mir eine Flasche und ein Glas, in dem schon etwas Bräunliches herumschwappte, das tatsächlich wie Rum roch. Der Kellner hielt seine Hand auf und sagte etwas, das ich nicht mehr verstehen konnte, weil die Musik genauso unvermittelt, wie sie aufgehört hatte, wieder einsetzte. Ich versuchte mich als Lippenleser und drückte ihm einen Dollar in die Hand.

Ich suchte mir einen Platz irgendwo am Rand auf

einer harten Bank vor einem fest im Boden verschraubten Tischen und stellte meine Flasche drauf. Das Mädchen in den heißen Höschen tanzte immer noch, andere Paare betraten die Tanzfläche. Hatte Jarvis hier verkehrt?

Ich versuchte, mich in die Haut des Killers zu versetzen. Wenn er schlau war, ließ er sein Gesicht nicht unnötig oft dort sehen, wo er wohnte. War Jarvis schlau? Ich wußte es nicht. Aber ich wußte, daß er gute Nerven hatte. Also vielleicht doch . . .

Ich wartete einige Minuten ab, nuckelte an meiner Cola, dann stand ich auf und schlenderte in die Nähe des Kellners. Als die Platte verstummte, war ich in seiner Nähe.

»Is' Walter noch nicht da?« nuschelte ich.

Der Bursche schüttelte den Kopf. »Versuchen Sie's doch mal oben«, sagte er gleichgültig.

»Da ist er nicht«, teilte ich ihm mit.

»Na, und hier ist er auch nicht.« Er erwischte einen neuen Auftrag und verschwand hinter der Theke, um die Bestellung zu besorgen. Als er wieder in meiner Nähe auftauchte, machte die Musik jeden Wortwechsel unmöglich. Doch der Kellner schien seinen entgegenkommenden Tag zu haben. Er stellte sich auf die Zehnspitzen und brachte seinen Mund erneut an mein Ohr.

«Er muß jeden Moment kommen. Sein Girl ist schon da.« Er sah zu dem Girl in den Hot Pants auf der Tanzfläche hinüber.

»Ist das Barbara?« fragte ich.

»Maxie«, grinste der Bärtige.

Ich bestellte noch eine Coke und blieb in der Nähe der Theke stehen. Das Girl hatte Ausdauer, sie absolvierte noch drei Tänze, ehe sie eine Pause einlegte. Ihr Tanzpartner schlurfte mit müden Schritten zur Theke, währens sich das Girl zu einem der Tische begab und sich auf die Bank an der Wand setzte. Ich schlenderte hinüber.

Maxie war groß für ein Mädchen. Kupferrotes Haar, zu gleichmäßig rot, um echt zu sein, rahmte ein hübsches, schmales Gesicht ein. Sie schob sich gerade eine Zigarette zwischen die blaßroten Lippen, als ich mich neben ihr niederließ. Ich fischte mein Feuerzeug aus der Jackentasche und schnippte es an. Sie warf mir einen kurzen, gleichgültigen Blick zu, bevor sie sich über die Flamme beugte und das Stäbchen in Brand setzte. Ich zündete mir ebenfalls eine Zigarette an.

Ich mußte mir einen Plan zurechtlegen. Es gab zwei Möglichkeiten. Entweder hing Jarvis an der Kleinen oder nicht. Im ersten Fall würde er hier auftauchen, im zweiten würde er das Mädchen flitzen lassen. Fatal war, daß ich beides für möglich hielt.

Ich betrachtete das Girl. Die Figur war aufregend. Herrlich lange, schlanke Beine und eine beachtliche Oberweite. Und alles echt darunter. Unter der dünnen Bluse erkannte ich die Umrisse eines prall gefüllten Büstenhalters.

Meine Augen tasteten sich zum Gesicht hoch. Hübsch, aber nicht aufregend. Nichtssagend. Wie alt? Knapp zwanzig, vielleicht etwas weniger.

Eine innere Stimme riet mir, von hier zu verschwinden und einige Kollegen anzufordern, die den Laden überwachen sollten. Was sprach dagegen? Eigentlich nichts, doch diese Möglichkeit lief mir nicht davon. Ich beschloß, es mit dem Mädchen zu versuchen.

»Schönen Gruß von Walter«, sagte ich während der nächsten Musikstille.

Der schmale Kopf mit den langen roten Haaren flog herum, zwei schwarze Augen bohrten sich in meine.

»Wer sind Sie denn?«

»Nennen Sie mich Jerry. Ich bin Walter heute nachmittag begegnet.« Ich freute mich diebisch darauf, daß ich bisher bei der Wahrheit bleiben konnte.

»Und?« fragte sie herausfordernd. »Warum kommt er denn nicht?«

»Ich weiß nicht, ob ich mit Ihnen darüber sprechen kann«, sagte ich zögernd. »Walter hat das vielleicht nicht gern . . .«

»Quatsch!«

»Na, ich weiß nicht. Ich wäre da empfindlich. Wenn ich er wäre, brauchte nicht jeder zu wissen, daß die Bullen hinter mir her sind.« Immer noch die reine Wahrheit!

»Die Bullen? Hinter Walter?« Sie verstummte abrupt, die hohe Stirn legte sich in nachdenkliche Falten. »Quatsch«, entschied sie dann. Dieses Wort schien ihre Lieblingsvokabel zu sein. Die Musik setzte wieder ein. Ich sagte nichts, denn ich wollte meinen Köder erst mal treiben lassen. Mal sehen, was dabei herauskam.

»Besorgen Sie mir was zu trinken?« schrie sie fragend über den Lärm hinweg.

Ich nickte großzügig. »Was denn?«

»Orangensaft mit Wodka!«

Der Bärtige war nicht zu sehen. Ich stand auf und suchte ihn in der Nähe der Theke. Wenig später drückte er mir ein kühles, hohes Glas in die Hand. Ich kämpfte mich zurück, dorthin, wo ich Maxie verlassen hatte. Die Musik setzte aus, doch in meinen Ohren dröhnte es weiter. Maxies Platz war leer. Im Aschenbecher qualmte die halb aufgerauchte Zigarette vor sich hin.

Ich knallte das Glas auf den Tisch und stürmte nach draußen. Dabei stellte ich beiläufig fest, daß die Zeit für meinen Treff mit Phil und den fälligen Anruf bei der Zentrale schon verstrichen war. Ich fluchte und machte mich auf die Suche nach dem Girl in den Hot Pants.

Hammond und Claudia hatten zwei Stunden in einem Kino an der 42. Straße abgesessen. Als sie das Kino verließen, war es kurz vor neun und dunkel. Claudia zog ihre neue Jacke fester um die Schultern. Hammond hatte darauf bestanden, ihr diese Jacke und einen Büstenhalter zu kaufen, und Claudia hatte sich schließlich gefügt, als sie der starren Blicke der Männer überdrüssig war, in deren Nähe sie auftauchte. Jedenfalls war es ihnen im Laufe des Nachmittags gelungen, zwölf der falschen Dollarnoten abzusetzen.

Hammond zog Claudia in die Vorhalle des Hillmann Building und steuerte eine Telefonkabine an. Er wählte die Nummer seines Freundes. Frank Peterson meldete sich sofort.

»Alter Junge!« rief er. »Du hast mal wieder unverschämtes Glück und Pech zugleich. Die ZETA lag im Yachthafen . . .«

»Lag?«

»Sie lief gerade aus, als ich kam. Das war um halb sechs.«

Hammond schwieg enttäuscht. An sich war es ein unwahrscheinlicher Zufall, daß Frank so schnell fündig geworden war, doch Hammond konnte die Enttäuschung nur schwer verbergen.

»Dave? Bist du noch da?«

»Ja, ja.«

»Wenn es dir hilft – der Kahn fuhr den Hudson abwärts, Richtung New Jersey-Ufer, vielleicht Jersey City, Bayonne oder auch Staten Island. Ich würde die Bootshäfen da mal anrufen.«

»Danke, Frank, das werde ich tun. Gilt dein Angebot noch? Ich meine, deine Barracuda . . .«

»Sicher, Dave. Du kannst den Schlüssel jederzeit beim Clubmanager abholen, er weiß Bescheid, ich habe ihm deinen Namen genannt.«

»Nochmals, besten Dank, Frank!«

»Macht nichts. Bis dann mal . . .«

Hammond legte auf. Schweigend traten sie wieder auf die Straße hinaus. Draußen berichtete Hammond, was er erfahren hatte. Doch Claudia hörte ihm nicht zu. Sie stand steif vor einem Zeitungskiosk. Hammond folgte ihrem Blick.

Neues im Mordfall Bradbeer! verkündete die Schlagzeile einer Abendzeitung. Der Bootsmann des Gangsterführers erschossen aufgefunden! Bei einem toten Gangster taten die Zeitungen das, was sie bei einem prominenten Lebenden nicht gewagt hätten – sie nannten ihn Gangster. In Claudias Augen glitzerten Tränen. »Joe!« flüsterte sie tonlos. »Er war so harmlos! Er war kein Gangster, David, bestimmt nicht!«

»Komm weiter«, sagte Hammond rauh. Hammond führte das Girl zur Subway-Station hinab, kaufte zwei U-Bahn-Münzen, dann bestiegen sie einen Zug der IRT-Linie nach Norden, den sie an der 79. Straße verließen. Zu Fuß gingen sie zum Yachthafen hinüber. Im Clubhaus brannte noch Licht, einige Gäste saßen an der Bar. Hammond strich sich über das unrasierte Kinn. Er fühlte sich unwohl und von den Blicken der Anwesenden verfolgt, als er an die Tür des Büros mit der Aufschrift MANAGER klopfte.

Der Manager machte jedoch keinerlei Schwierigkeiten, händigte Hammond den Schlüssel aus, als der seinen Namen genannt hatte, und beschrieb genau, wo die Barracuda Frank Petersons lag.

Wenige Minuten später sprangen Hammond und Claudia an Bord der schnittigen Yacht. Es war eine dreißig Fuß lange Chris Craft Futura mit sechs Kojen und zwei 200-PS-Motoren, die dem Schiff eine Geschwindigkeit von etwas mehr als fünfzig Knoten verleihen konnten, wie Hammond noch wußte.

Claudia durchsuchte rasch die Kombüse, öffnete den Eisschrank, der jedoch nicht in Betrieb und deshalb leer war. In einem Vorratsschrank fand sie einige Büchsen Fleisch. Sie zündete den Gaskocher an und begann, eine schnelle Mahlzeit zuzubereiten.

Sie summte vor sich hin und sah einmal zu Hammond hinüber, den sie durch die offene Tür in dem winzigen Bad sehen konnte. Er hatte einen Batterierasierer in der Hand und befreite sein Gesicht von den tagealten Bartstoppeln.

Dann saßen sie beim Essen. Es war sehr still, hin und wieder warfen sie sich scheue Blicke zu. Claudia brach als erste das Schweigen.

»Wie soll es weitergehen?« fragte sie.

»Wir bleiben die Nacht über hier«, entschied er. »Morgen früh suchen wir die anderen Häfen ab. Einverstanden?«

Claudia nickte. Als sie fertig war, bereitete sie das große Doppelbett in der Hauptkajüte vor. Ein Bett, wie Hammond zufrieden feststellte.

Ich sprang die Stufen zur Straße hinauf und sah mich um. Die Straßenlaternen und die Leuchtreklamen über den Geschäften und Bars und die Scheinwerfer der Autos vermischten sich zu buntem Licht, das die Farben verschwimmen ließ. Links von mir entfernte sich ein Mädchen in kurzen Hosen und heller Bluse. Ich rannte ihr nach, holte sie ein, sah ihr ins Gesicht. Es war nicht Maxie. Ich raste zurück, wollte zur Greenwich Avenue, um Phil zu Hilfe zu holen. Als ich wieder an der Pension mit dem Beatlokal im Keller vorbeikam, erschien Maxie gerade oben in der Haustür. Ich wirbelte herum und schlüpfte in den überdachten Eingang eines kleinen Buchladens.

Maxie trippelte vorbei, ohne mich zu bemerken. Sie schien es ziemlich eilig zu haben. Sie ging nach links, also weg von der Greenwich Avenue. Ich zuckte die Achseln, Phil mußte eben warten. Maxie hatte nicht ohne Grund versucht, mich abzuschütteln.

Ich hielt mich in angemessenem Abstand hinter dem Mädchen. Sie bog in die 4. Straße ab, steuerte quer über die Straße ein hohes Mietshaus an. Sie verschwand in einem engen, finsteren Durchgang, der zum Hinterhof zu führen schien.

Ich lief hinüber, spähte in den Durchgang. Eine Falle? Ich glaubte nicht daran. Maxie hatte in der Pension nach Jarvis gefragt, um festzustellen, ob ich die Wahrheit gesagt hatte. Zum Telefonieren war die Zeit zu kurz gewesen.

Entschlossen schlüpfte ich in den Gang, tastete mich vorsichtig hindurch. Weder links noch rechts bemerkte ich eine Tür. Dann stand ich auf dem Hof. Über einer Eisentür auf der anderen Seite brannte eine trübe Lampe, deren Schein sich auf dem abblätternden Lack der Tür spiegelte. Der Widerschein veränderte sich, dann quietschte ein Scharnier. Die Tür war gerade geschlossen worden!

Ich sprang über herumliegendes Gerümpel, leere Flaschenkästen, Kisten mit Abfall, stieß fast gegen eine verrostete Waschmaschine. Ich legte meine Hand um den Türknauf und drehte langsam und vorsichtig, dann drückte ich behutsam gegen die Tür. Sie schwang auf, knarrte leise, quietschte in den Angeln. Ich hielt inne, der Spalt war schon breit genug. Mit angehaltenem Atem schlüpfte ich hindurch. Irgendwo klappte eine Tür.

Ich lauschte angespannt. Es war vollkommen finster, nicht das geringste war zu sehen. Langsam stellte sich mein Ohr auf die verschiedenen Geräusche des Hauses ein. Musik, Stimmen aus Fernsehapparaten, Satzfetzen, Kinderschreien. Es roch muffig.

Ich ließ die Hoftür offen und schlich durch den Gang. Meine Hand tastete über die Wand auf der Suche nach einem Lichtschalter. Ich fand einen Druckschalter, drückte, doch nichts geschah. Weiter. Ein paar Stufen, Steinstufen, dann war vor mir ein schmaler Lichtstreifen am Boden. Das mußte die Tür zur Straße sein. Ich fand ein hölzernes Treppengeländer und damit die Treppe, die nach oben führte. Jetzt knipste ich mein Feuerzeug an. Neben mir befand sich eine Wohnungstür. Das Klappen der Tür, das ich eben vernommen hatte, mußte von weiter oben gekommen sein. Ich löschte die kleine Flamme und stieg die Treppe hinauf.

Hatte Jarvis hier einen zweiten Schlupfwinkel? Das war durchaus möglich. Ich wollte versuchen, es festzustellen, bevor ich Verstärkung holen würde. Ich mußte jetzt am Mann bleiben. Wenn Maxie Jarvis von ihrer Begegnung mit mir erzählte, würde der Killer vielleicht fliehen und endgültig untertauchen. Nein, nein, ich hatte den Faden nun mal in der Hand und mußte wissen, wer oder was am anderen Ende hing.

Erster Stock, ich ertastete zwei Türen. Ich preßte mein Ohr erst an die eine, dann an die andere. Dumpfe Geräusche, gemischt aus Schritten und Teilen des Fernsehprogramms. So kam ich nicht weiter.

Entschlossen klopfte ich an die Tür zu meiner Rechten. Ich mußte das Signal noch zweimal wiederholen, bevor sich jemand zum Aufmachen entschloß. Wachsam und gespannt zog ich mich etwas zur Seite zurück, um nicht sofort vom Schein einer Flurlampe getroffen zu werden. Immerhin war es möglich, daß ich schon an das richtige Holz gepocht hatte und Walter Jarvis mit einer Kanone im Rahmen erschien.

Es war nicht Jarvis. Eine verhärmt wirkende Frau

mittleren Alters mit strähnigem Haar stand mir gegenüber. Sie hatte offenbar jemand anderen erwartet, denn sie wollte die Tür sofort wieder zuschlagen, als ich mich aus dem Schatten löste.

»Augenblick«, sagte ich hastig, während sich der Spalt zusehends verkleinerte. Ich lächelte. »Ich suche Bekannte . . .«

»So? Wie heißen die denn?«

Jetzt hatte sie mich. Wenn Jarvis dieses Haus als zweiten Schlupfwinkel benutzte, würde er bestimmt nicht den Namen Jarvis verwenden. Deshalb probierte ich es mit dem Mädchen.

»Das Mädchen«, sagte ich. »Maxie heißt sie.« Ich sprach leise, um kein Aufsehen zu erregen. Die Frau blickte mich an, als ob sie mich für einen Sittenstrolch hielte. Meine Geschichte war verdammt dünn, das war mir klar.

»Diese rothaarige kleine . . .« Die Frau verschluckte im letzten Moment ein unanständiges Wort. »Da oben, über uns . . .« Und dann knallte sie die Tür endgültig zu.

Die Dunkelheit hüllte mich wieder ein, stärker und unangenehmer als vorher, so kam es mir wenigstens vor. Ich blieb eine volle Minute auf dem Treppenabsatz stehen und wartete lauschend. Das rothaarige Girl schien hier zu wohnen, nicht Jarvis, das schloß ich aus der Reaktion der verhärmten Frau. Immer noch war alles offen. Das Girl war nach Hause geflitzt. Warum so schnell? Weil Jarvis sie draufgesetzt hatte? Oder weil sie ein spezielles Arrangement mit dem Killer hatte?

Ich knöpfte meine Jacke auf und lockerte meinen Smith & Wesson. Leise stieg ich einen Stock höher, suchte die Tür, hinter der Maxie wohnen sollte, und legte mein Ohr an das Holz.

Ich hörte ein dumpfes Rauschen. Keine Stimmen, kein Radio, kein Fernsehen. Vergeblich suchte ich nach einem Klingelknopf. Das Haus schien vor der Erfindung der Elektrizität erbaut worden zu sein. Ich holte tief Luft und klopfte zweimal. Wieder zog ich mich neben die Tür zurück, um nicht gleich in der Schußrichtung zu stehen.

Ich strengte meine Lauscher an, konnte jedoch immer noch nichts hören. Deshalb überraschte es mich einigermaßen, als die Tür plötzlich leise knarrend zurückfuhr. Ich sah es nicht, spürte und fühlte es mehr, denn in dem Flur dahinter blieb es dunkel.

»Ja?« fragte dann eine weibliche Stimme. Sie flüsterte, deshalb konnte ich nicht entscheiden, ob sie Maxie gehörte.

Verdammt, dachte ich, aber ich mußte etwas sagen. »Ich möchte Miß Maxie sprechen«, brachte ich hervor.

»Kommen Sie herein.«

Auf meiner Kopfhaut begann es zu kribbeln, und in meinem Magen breitete sich ein flaues Gefühl aus. Irgend etwas stimmte da nicht! Doch für einen Rückzieher war es reichlich zu spät. Entschlossen machte ich drei schnelle Schritte vorwärts, wobei ich mich bemühte, mich von der Sprecherin fernzuhalten, was allerdings bei der Finsternis gar nicht so einfach war. Ich war auf Vermutungen und Glück angewiesen.

Ich blieb stehen. Ein Luftzug strich an meinem Körper vorbei, dann schlug die Tür krachend ins Schloß, und gleichzeitig flammte das Licht auf.

Vor mir stand das rothaarige Girl in den aufregenden Hot Pants. Ihre Arme hielt sie leicht vom Körper abgespreizt. Quer über ihrer Brust lag ein Arm, der normalerweise nicht dorthin gehörte. Ein muskulöser Männerarm. Ein zweiter Männerarm befand sich in Hüfthöhe neben dem Mädchen, in der Faust blinkte matt und schwarz der Lauf eines schweren Revolvers. Und dann entdeckte ich das Gesicht, das zu dem Mann gehörte. Es lugte über Maxies Schultern. Lockiges schwarzes Haar fiel über eine hohe, glatte Stirn. Große, dunkle Augen starrten mich ruhig, fast gelassen an. Die Nase war flach, beinahe kindlich. Der Mann erschien unglaublich jung. Doch ich war sicher, dem Killer gegenüberzustehen – Walter Jarvis.

Der junge Bursche verstand es, sehr verständlich mit dem Revolver zu wedeln. Zuerst bedeutete er mir, die Arme zu heben, dann dirigierte er mich vor sich her auf eine Tür zu. »Aufmachen und reingehen, aber langsam«. Die Stimme klang glatt und geschmeidig.

Ich gehorchte und stieß die Tür auf, doch dann blieb ich überrascht stehen. Vor mir lag ein kleines Wohnzimmer mit einem leichten Tisch in der Mitte, dahinter eine alte Couch mit Kissen drauf. Das Fenster war mit einem Vorhang verschlossen. Vor dem Vorhang standen zwei Menschen. Ein kleiner Mann mit scharfen Falten um den Mund und grauen Haaren. Er trug eine alte Hose und ein verwaschenes Hemd, offenbar seine Feierabend-Montur. Die Frau neben ihm war dick, einen halben Kopf größer und wohl ebenso alt wie der Mann. Ich schätzte sie auf Ende Vierzig und hielt sie für Maxies Eltern.

»Vorwärts«, befahl Jarvis. Der Gangster tippte mir mit dem Lauf seines Revolvers in den Rücken. Ich betrat den Raum und blieb mitten drin stehen.

Jarvis stieß die Tür hinter sich zu. Ich wandte mich um. Er hielt das Girl immer noch fest umschlungen. »Ist er das?« fragte er. Maxie nickte. Ich betrachtete ihre Augen. Sie zeigten keine Spur Angst, nicht einmal Unruhe. Jarvis lockerte seinen Griff, und das Mädchen stellte sich neben ihn. Ihr Gesicht blieb ausdruckslos, die Augen hefteten sich auf ihre Eltern.

»Wer sind Sie?« erkundigte sich Jarvis. »Was wollten Sie von mir?«

»Das sind zwei Fragen auf einmal. Welche soll ich zuerst beantworten?«

Die Augen zogen sich zusammen, begannen zu funkeln. »Ich hab für Scherze gar keine Zeit. Wenn Sie Mätzchen machen wollen, nicht mit mir. Soll ich Ihnen beweisen, daß ich Ernst mache?« Der Arm mit dem Revolver beschrieb einen leichten Bogen. Die Mündung mußte jetzt genau auf die Magengegend des kleinen Grauhaarigen zeigen. Meine Augen saugten sich an Jarvis' rechtem Zeigefinger fest. Der Finger krümmte sich, der Hammer der Waffe hob sich.

»Stop«, unterbrach ich die Vorstellung.

Der Revolver blieb in der Stellung mit leicht gespanntem Hahn, nur die dunklen Augen richteten sich auf mich. »Also? Sie sind Bulle, damit können wir anfangen, das spart Zeit. Was für'n Bulle?«

Ich bewunderte Jarvis' Kaltschnäuzigkeit. Der Junge konnte kombinieren. »FBI«, sagte ich ruhig.

Jarvis nickte, die Hand mit der Waffe schwang in meine Richtung zurück. »Nun lassen Sie schon Ihren Spruch los: Sie sind verhaftet, Widerstand ist zwecklos, das Haus ist umstellt . . .«

Ich schüttelte den Kopf. »Ich bin allein.«

Ich sah, wie meine Worte Jarvis irritierten. Er glaubte mir nicht. Doch ich hatte beschlossen, in diesem Fall nichts Falsches zu erzählen. Jarvis konnte jetzt nur eins im Sinn haben – er wollte hier raus, und ich mußte ein sinnloses Blutvergießen verhindern.

Jarvis lächelte plötzlich. »Sie sind doch der, den ich heute mittag erwischt habe?« Ich nickte nur. »Okay, Sie scheinen nicht besonders clever zu sein.« Ich schluckte das Urteil. »Sie werden uns helfen, hier wegzukommen. Wo steht Ihr Wagen?«

»Greenwich Avenue«, sagte ich.

Jarvis runzelte die Stirn. »Zu weit«, entschied er. »Dann muß ich doch deine alte Karre nehmen, lieber Schwiegervater.«

»Scher dich zum Teufel!« schrie der Mann. Seine Frau legte ihm beschwichtigend ihre feste, runde Hand auf den Arm.

»Maxie wird mich begleiten«, fuhr Jarvis unbeirrt fort. Das Girl lächelte seine Eltern herausfordernd an. »Als Geisel. Sie stirbt, wenn mir jemand in die Quere kommt!«

Maxie lächelte immer noch. Sie schien die Situation zu genießen, doch sie schien keine Ahnung zu haben, daß der Junge blutigen Ernst machte. Er würde sie wegwerfen wie eine leere Bierdose, wenn er sie nicht mehr brauchte.

»Die Schlüssel!«

Der Mann atmete schwer, preßte die Lippen zusammen, und der Zorn schien ihm die Luft zum Atmen zu nehmen. Mit schleppenden Schritten ging er zu der niedrigen Anrichte und zog die oberste Schublade auf. Dann warf er Jarvis den Schlüssel zu. Auf diesen Moment hatte ich gewartet. Ich hatte gehofft, daß Jarvis versuchen würde, den Schlüssel zu fangen. In dem Moment wollte ich mich auf ihn stürzen.

Jarvis hatte Nerven, das bestätigte sich erneut. Er ließ den Schlüssel neben sich zu Boden fallen, die Hand mit der Waffe zuckte nicht.

»Maxie», sagte er nur.

Das Girl bückte sich und hob den Schlüssel auf. Jarvis zog die Tür auf, gab dem Girl einen Wink. Maxie verschwand in der Diele.

»Lassen Sie uns in Ruhe«, sagte der junge Gangster gleichmütig. »Wenn ich einen Polizeiwagen im Rückspiegel sehe oder vielleicht sogar eine Straßensperre, stirbt die Kleine. Einmal oder zweimal lebenslänglich, das bedeutet keinen Unterschied.« Schrittweise zog er sich zurück. Ich verfolgte ihn mit den Augen, bis er meinen Blicken entschwand. Dann hörte ich das Zufallen der Wohnungstür.

Der Mann stöhnte auf und ließ sich auf die Couch fallen. Er schlug die Hände vor sein Gesicht. »Warum habe ich diesen Verbrecher in mein Haus gelassen? Warum nur?«

Zum Jammern war jetzt keine Zeit. »Haben Sie ein Telefon?« fragte ich hart.

»Im Schlafzimmer«, antwortete die Frau.

Ich lief durch den Flur, riß mehrere Türen auf, stürzte mich auf den Telefonapparat und wählte die Nummer des FBI.

»Cotton!« bellte ich in die Muschel, als sich die Zentrale meldete. »Verbinden Sie mich mit meinem Wagen, schnell.«

»Wir haben Phil Decker gerade dran, Jerry. Er will eine Großfahndung nach Ihnen aufziehen. Ich verbinde . . .«

»Jerry!« schrie Phil. »Wo steckst du«?

»Ich habe Jarvis aufgespürt, er ist entkommen mit einem Mädchen als Geisel. Hast du deinen Schlüssel für den Jaguar bei dir?«

»Sicher.«

»Dann komm zur 4. Straße rum, ich brauche drei Minuten. Gib mir noch mal die Zentrale.« Ich rief nach dem Mann, schrie. Endlich kam er. »Ihr Wagen«, herrschte ich ihn an, »Typ, Farbe, Baujahr, Zulassungsnummer . . .«

»Die sage ich Ihnen nicht.«

Verdammt, dachte ich, ich würde wieder meine Verabredung mit Phil nicht einhalten können. Ich zückte meinen Dienstausweis und hielt dem Mann das Etui unter die Nase. Er warf keinen Blick drauf. »Ich bin vom FBI. Wir werden alles tun, um Ihre Tochter zu retten.«

Er schüttelte den Kopf. »Ihr wird nichts zustoßen. Nur wenn Sie Jagd auf ihn machen und ihn in die Enge treiben. Wenn Sie nicht aufgetaucht wären . . .«

»Der Junge ist ein kaltblütiger Mörder«, sagte ich hart. »Ich war heute mittag dabei, wie er einen alten, wehrlosen Mann abgeknallt hat . . .«

»Da hätten Sie ihn stellen sollen . . .«

»Er wird Ihre Tochter umbringen. Er ist auf der Flucht. Er kann sie nicht brauchen. Ich gebe ihr noch zwei, drei Stunden.«

Die Augen des Mannes flackerten. Hinter ihm schob sich die breite Gestalt seiner Frau ins Zimmer. »Sag's ihm«, flüsterte sie.

Der Mann seufzte. »64er Dodge Kombi, creme mit braunen Seiten, eine Beule am linken Kotflügel. Die Nummer ist CN-7119.«

Ich riß den Hörer wieder an mein Ohr und gab die Daten durch.

»Fahndungsersuchen an Einsatzleitung der City Police. Spur des Fahrzeugs aufnehmen, aber ohne Rotlicht, ohne Sirene«, hackte ich meine Anweisungen runter. »Auf keinen Fall anhalten! Der Fahrer des Dodge ist bewaffnet und hat eine Geisel bei sich. Alle Nachrichten an mich oder meinen Kollegen Decker. Wir gehen vorübergehend auf Polizeiwelle. Ende.«

Ich stürmte nach draußen, rannte die Treppe hinab und warf mich eine Minute später neben Phil in meinen Jaguar.

»Ab!« rief ich ihm zu und wies geradeaus, irgendwohin.

Es kam nicht darauf an, denn ich wußte nicht, welche Richtung der geflüchtete Verbrecher eingeschlagen hatte.

Jarvis und Maxie. Mir fiel ein, daß ich nicht einmal ihren Nachnamen wußte. Doch das spielte jetzt keine Rolle. Wir mußten sie nur finden. Lebend. Ich schaltete mich über das Sprechfunkgerät in den Funkverkehr der City Police ein und wartete.

Jarvis' Vorsprung war knapp, er mußte noch in Manhattan sein. Innerhalb der nächsten Minuten würde ein Radiocar den hellen Dodge sichten, dann begann unser Einsatz.

An der Eigth Avenue bedeutete ich Phil zu halten. Von hier aus konnten wir alle Schnellstraßen Manhattans innerhalb kürzester Zeit erreichen. Ich zündete mir eine Zigarette an und versuchte, mich zu entspannen, während die Minuten verstrichen . . .

Frank Peterson, Hammonds Freund, hatte richtig beobachtet. Gegen halb sechs am frühen Abend hatte die ZETA den Yachthafen an der oberen Westseite verlassen. Die Yacht steuerte zunächst das Westufer des Hudson an und hielt dann südlichen Kurs.

Monnier hatte sich dazu entschlossen, schon jetzt die Nähe des vereinbarten Treffpunktes aufzusuchen. Eine Yacht, die mitten in der Nacht über den Hudson tukkerte, konnte vielleicht die Aufmerksamkeit eines Flußpolizeibootes erregen. Monnier wollte jedes Risiko so gering wie möglich halten.

Er stand neben Marcel im Cockpit. Seine Augen verglichen die Konturen des Ufers – hier noch Dockanlagen und Werften – mit den Eintragungen auf einer Karte.

Der Fluß wurde breiter, die Skyline Manhattans an Backbord wich zurück, und in Fahrtrichtung tauchte die breite Upper Bay vor dem Bug auf. Sie fuhren links an Ellis Island vorbei und wichen einem der vollbesetzten Fährboote aus, das von der Freiheitsstatue zurückkam. Menschen winkten herüber.

Die mächtige Statue auf der winzigen Felseninsel zog auch Monniers Blicke auf sich. Auf der riesigen Fackel lag noch heller Sonnenschein. Monnier lächelte, als ihm einfiel, daß die Freiheitsstatue ein Geschenk des französischen Volkes an die Amerikaner darstellte – eine Art Reverenz an die Freiheit. Monniers Gedanken schweiften zurück. Nur Geld bedeutete Freiheit und sonst nichts, dachte er. Drei Millionen Dollar zum Beispiel, von denen ihm allein eineinhalb gehören würden.

Monnier beugte sich über die Karte, legte ein Lineal an und zog eine Bleistiftlinie bis zur Nordostspitze von Staten Island. Dort war ein öffentlicher Yachthafen eingezeichnet, wo sie die erste Hälfte der Nacht liegen konnten.

»Südwest«, sagte Monnier zu Marcel.

Marcel nickte bestätigend und brachte das Schiff auf den neuen Kurs. Eine halbe Stunde später lief die ZETA den Bootshafen an. Auf der Mole erschien ein weißgekleideter Mann und winkte die ZETA zu einem freien Liegeplatz. Monnier sprang an Land und vertäute die Yacht. Er bezahlte die Liegegebühr beim Hafenmeister und ging wieder an Bord. Monnier war zufrieden. Der verabredete Treffpunkt befand sich knapp acht Meilen von hier, jenseits der Verrazano-Narrows Bridge.

»Was machen wir mit dem Kerl da unten?« erkundigte sich Marcel beiläufig. Er rechnete damit, daß er ihn nach Einbruch der Dunkelheit in der Bucht versenken sollte.

»Gib ihm eine Dose Bier und ein Sandwich«, entschied Monnier. »Von mir aus soll er am Leben bleiben. Für Di Marco wird sein Verschwinden Warnung genug bedeuten. Wenn nicht, nun, morgen ist auch noch ein

Tag. Aber dann legen wir seine Leiche in Di Marcos Keller.« Marcel grinste anerkenned. Eine solche Aktion entsprach seinem Temperament.

Marcel bereitete einige Sandwiches zu, die die beiden Männer anschließend mit einigen Gläsern Rotwein hinunterspülten. Monnier legte sich dann in die Koje der engen Vorderkabine, stellte einen Wecker auf zwei Uhr und rollte sich auf die Seite. Er schlief sofort ein.

Marcel wählte den gepolsterten Sessel im Cockpit. Er lehnte sich bequem zurück und schloß die Augen, doch er wußte, daß er in dieser Nacht keinen Schlaf finden würde. Verlockende Bilder tauchten immer wieder vor seinem geistigen Auge auf, die ihn als reichen Mann zeigten. Marcels Anteil betrug zweihunderttausend Dollar. Bei dem miesen Kurs, den der französische Franc zur Zeit hatte, würde er Millionär sein. Eine Million Franc! Marcel war fest entschlossen, alles zu tun, um seinen Anteil zu verdienen. Selbst Mord. Seine Entschlossenheit hatte er schon unter Beweis gestellt. Er hatte einen der größten amerikanischen Gangsterbosse erschossen.

»Heller Dodge Kombi nähert sich aus nördlicher Richtung. Kennzeichen . . . CN-7119 . . .«

Diese sachliche Durchsage riß mich hoch. Endlich! Phil und ich hatten die Plätze getauscht; ich saß jetzt wieder hinter dem Steuer meines Flitzers. Ich startete den Motor, während ich den Stimmen im Funkgerät lauschte.

»Ihr Standort?«

Das war die Zentrale der City Police.

»Fifth Avenue – 44th Street, Ostseite . . .«

Verdammt, dachte ich, das war genau die falsche Straßenseite, wenn der Dodge von Norden kam.

». . . fährt vorbei«, berichtete der Streifenführer weiter. »Das Fahrzeug biegt in die 42. Straße ein. Wir wenden jetzt. Ende.«

Ich schaltete das Rotlicht an, knallte den ersten Gang ein und trat das Gaspendal durch. Mit der höchsten Geschwindigkeit, die ich noch verantworten konnte, rasten wir über die Achte Avenue nach Norden. Mit etwas Glück bekamen wir Jarvis in die Zange.

»Der hat einen Bogen geschlagen«, meinte Phil.

Ich nickte. »Wenn er zurückkommt, hat er ein Ziel«, stellte ich fest.

Der Radiocar meldete sich wieder. »Fahren über die 42. Straße nach Westen. Der gesuchte Wagen ist verschwunden . . .«

»Verdammt«, diesmal sagte ich es laut. Wir ließen gerade die Pennsylvania Station hinter uns. Nur noch acht Blocks.

»Er muß am Times Square in den Broadway oder die Seventh abgebogen sein . . .« Oder in die Achte, dachte ich. Rasch schaltete ich das rote Dachlicht ab. Wir fuhren nämlich über die Achte. Doch der Patrolman war anderer Ansicht.

»Er kann nicht zur Achten durchgefahren sein«, sagte der Beamte, »wir hätten ihn sehen müssen.«

Andere Streifenwagen meldeten sich, gaben ihre Positionen durch. Wagen, die am Broadway und auf der Seventh Avenue in Warteposition standen.

Noch bevor Phil und ich die 42. Straße erreichten, stand fest, daß Jarvis nicht abgebogen war. Das Gebiet um den Times Square war gut bewacht, und die Besatzungen der Radiocars verstanden ihr Handwerk. Ich bremste den Jaguar ab und ließ ihn gegenüber dem Times Theater ausrollen. Phil und ich reckten die Hälse nach einem Parkplatz, ein fast aussichtsloses Unterfangen abends um neun mitten im Theaterviertel! Ich wollte den Wagen auch nicht an einem Hydranten oder in einer Einfahrt abstellen. Jarvis war ein wacher Bursche mit instinkthaften Reflexen. Er kannte meinen Wagen zwar nicht, denn in Bayonne heute morgen – war es wirklich heute morgen gewesen? – waren wir in Lieutenant Powells Dienstwagen gefahren. Doch ein falsch geparkter Wagen mit Dachlicht konnte ihn mißtrauisch machen.

Die 43. Straße war Einbahnstraße in Ost-West-Richtung, kam für uns also jetzt nicht in Frage. Ich ließ es darauf ankommen und bog rechts in die 42. Straße ein. Viele der Theater und Hotels an dieser breiten Querstraße verfügen über Tiefgaragen, so konnte ich den Jaguar am schnellsten von der Straße bekommen.

Ich entdeckte eine Einfahrt – sie gehörte zum neuen Midtown Hotel – und steuerte die Rampe an. Doch dann trat ich auf die Bremse und fluchte anhaltend. Vor mir sperrte eine Schranke die weitere Abfahrt, und ein großes Schild wies darauf hin, daß ich im Besitz einer Münze sein müßte, wenn ich die Hotelgarage benutzen wollte. Die Münze sei beim Portier des Hotels erhältlich – für Hausgäste.

Phil sprang aus dem Wagen und rannte zur Straße, zum Eingang des Hotels. Er brauchte zwei Minuten. Ich schnappte die Münze, warf sie in den Schlitz des Automaten, der die Schranke hochfahren ließ.

Wir verließen den Wagen, rasten zur Straße zurück. Ich stürmte eine Telefonkabine, wählte die Nummer der City Police und ließ mich mit der Einsatzleitung der Patrolcars verbinden.

Der Mann war seiner Sache immer noch sicher. Jarvis war auf der 42. Straße irgendwo zwischen der Fünften und Achten Avenue spurlos verschwunden.

Ich hielt den Hörer in der Hand und starrte meinen Freund ratlos an, der sich mit mir in die Zelle gequetscht hatte. Auch ihm schien keine Erleuchtung zu kommen.

»Lassen Sie den Ring um diesen Bezirk bestehen«, sagte ich schließlich zu dem Beamten der City Police. »Ich melde mich in kurzen Abständen bei Ihnen.«

Phil und ich traten auf die belebte Straße hinaus. Auf beiden Straßenseiten flimmerten die Leuchtreklamen der Theater – Shows, Revuen, Musicals, Schauspiele, ein Theater neben dem anderen, nur hier und da unterbrochen von der Fassade eines Hotels, eines exclusiven Clubs oder Restaurants. Die Theatervorstellungen liefen um diese Zeit.

Ich rammte meine Fäuste in die Hosentaschen und zog finster die Brauen zusammen. Ein Gedanke rumorte in meinem Gehirn, beharrlich, aber noch undeutlich.

»Was nun?« fragte Phil rücksichtslos.

Ich knurrte böse, der Faden war gerissen. Oder nicht? Dann hatte ich es! Ich starrte auf die zuckende grüne Leuchtschrift des hohen Gebäudes gegenüber. Es war eines dieser modernen Apartmenthotels, die ganze oder halbe Stockwerke an Firmen oder Personen vermieteten, die sich die horrenden Mieten leisten konnten, dafür auch hotelähnlichen Komfort boten, vom Schuheputzen über Wäscheservice bis hin zu kompletten Diners für eine beliebige Anzahl von Personen.

Ich stieß meinen Freund an. »Das ist das Waterman Building«, sagte ich.

»Na und?« fragte er uninteressiert zurück.

Ich grinste. Ich hatte zwar mit den Ermittlungen damals nichts zu tun gehabt, doch der Fall hatte genug Schlagzeilen gemacht, um auch den letzten Ignoranten mit Gesprächsstoff zu versorgen.

»Weißt du, wer da drüben sein Hauptquartier hat?« fragte ich, um die Sache noch spannender zu machen.

Phil schien der allerletzte Ignorant zu sein, oder er war damals nicht in Manhattan gewesen.

»Verdammt noch mal, nein!« fauchte mein Freund aufgebracht. »Vielleicht deine neueste Flamme?«

»Di Marco«, sagte ich nur. Das genügte, um meinen Freund zu einem leisen, verstehenden Piff zu veranlassen.

»Di Marco«, flüsterte er. »So langsam kommen die Mosaiksteinchen zusammen. Jetzt kann der Chef doch nichts mehr dagegen haben, wenn wir uns etwas eingehender mit Di Marco befassen, oder?«

»Das glaube ich nicht«, sagte ich, und beiläufig fügte ich hinzu: »Ich werde ihn jedenfalls nicht fragen.«

»Wie sollten wir auch?« grinste Phil. »Sämtliche Telefonkabinen sind besetzt . . .«

»Siehst du!« Ich ging über die Straße auf das Waterman Building zu. Das Gebäude verfügte über eine Tiefgarage. Ich war bereit, meinen nächsten Gehaltsscheck darauf zu verwetten, daß der helle Dodge dort in einer Box stand. Wir schlenderten die Rampe hinab und betraten die weitläufige Fahrzeughalle.

Bläuliches Licht aus langen Reihen Neonlampen glitzerte auf lackiertem Blech. Nahezu jeder Platz war mit einem Straßenkreuzer der oberen Preisklasse besetzt. Ich schätzte, daß hier gut und gerne eine Million Dollar versammelt waren. Langsam gingen wir an den geparkten Fahrzeugen vorbei, immer tiefer in das Parkgeschoß hinein.

Walter Jarvis hatte gespürt, daß etwas los war. Für seinen Geschmack schlichen einfach zu viele Patrolcars durch die Straßen. Da war wieder eines, drüben auf der Fifth Avenue. Jarvis warf seinem Girl einen raschen Blick zu. Maxies rote Lippen saugten sich am Filtermundstück einer Zigarette fest. Ihre Augen funkelten. Die lautlose Jagd machte ihr Spaß.

Jarvis bog in die 42. Straße ein, ganz normal und vorsichtig, wie es sich gehörte. Doch dann, als er sich außerhalb der Sichtweite des letzten Streifenwagens wußte, gab er Gas. Der alte Motor unter der bulligen Schnauze pochte und klopfte warnend, doch Jarvis störte das nicht. Die Querstraßen Manhattans sind sowieso keine Rennpisten. Am Times Square erwischte er eine grüne Welle, die ihn glatt die Seventh Avenue und den Broadway kreuzen ließ. Ein rascher Blick in den Rückspiegel – nichts Verdächtiges.

An der Front eines Gebäudes auf der linken Seite bemerkte er einen riesigen Pfeil aus roten Neonlampen, der auf die Einfahrt des großen Theaterparkhauses wies. Vier beleuchtete Buchstaben in der Mitte ließen ihn auf die Bremse treten und den Wagen quer über die Fahrbahn reißen. FREI war da zu lesen.

Kaum zehn Sekunden später war der helle Dodge von der Straße. Aufatmend lenkte Jarvis den Wagen über die enge gewendelte Rampe in die Höhe, bis er auf dem elften Parkdeck einen freien Platz entdeckte. Er beugte sich vor und drehte den Zündschlüssel um. Nach dem hellen Brummen senkte sich nun die Stille fast betäubend über die beiden Menschen.

Jarvis zog das Mädchen an sich, streichelte ihr Haar. Die gefährliche Flucht hatte auch ihn seltsam erregt. Seine Lippen suchten den Mund des Girls, sie erwiderte den Kuß, schmiegte sich eng an ihn, wand sich wohlig unter den härter zugreifenden Händen des jungen Mannes. Jarvis stieß sie plötzlich zurück und wischte sich mit dem Handrücken über den Mund. »Bis später Baby«, sagte er rauh. »Ich habe was zu erledigen.« Maxie verzog das Gesicht, wollte etwas sagen. Doch Jarvis unterbrach sie.

»Stop, Baby. Ich organisiere was. Hier können wir doch nicht bleiben, oder?« Maxie schüttelte den Kopf mit dem roten Haar. »Na also, du bist ja vernünftig!«

»Zu meinen Alten will ich nicht mehr zurück, nie mehr, verstehst du?«

»Ich werde dich bestimmt nicht hinbringen«, versicherte Jarvis heiter. »Du bist also schon vernünftig und wartest hier, bis ich wiederkomme, verstanden? Wir brauchen Geld und einen neuen Wagen. Beides werde ich besorgen.« Jarvis öffnete den Wagenschlag. Im letzten Moment fiel ihm der Wagenschlüssel ein. Er zog ihn ab und knallte die Tür zu. Er war sicher, daß das Girl kein Theater machen würde. Er wandte sich um, doch Maxies Stimme ließ ihn herumfahren.

»He! Walt! Ich kann doch mit runterkommen und irgendwo in einer Bar warten! Ich hab sonen Durst!«

Jarvis' Gesicht wurde schmal und kantig. Langsam kam er zurück. Maxie hatte das Fenster des Dodge herabgekurbelt und sah ihm herausfordernd entgegen.

»Du bleibst hier«, erklärte er, sich zur Ruhe zwingend. »Die Bullen der ganzen Stadt suchen dich . . .«

»Du hast dem Polypen doch gesagt, er soll . . .

Jarvis verdrehte die Augen. »Du bist naiv, Baby. Glaubst du, der wird sich daran halten? Die Kerle warten nur darauf, dich zu erwischen und mich abzuknallen. Alles klar?« Er wartete Maxies Bestätigung gar nicht erst ab und verließ rasch das Parkhaus.

Draußen suchte er den Streifenwagen, den er vorher auf der Fifth Avenue gesehen hatte. Tatsächlich, da rollte der weiße Wagen vorüber, stoppte kurz an einer Ampel und fuhr dann weiter.

Jarvis blieb noch eine Sekunden im Fußgängerausgang des Parkhauses stehen und beobachtete die Umgebung. Als er sicher war, daß die Straße nicht von Polizei wimmelte, überquerte er sie und ging dann mit schnellen Schritten auf den Eingang des Waterman Building zu.

Zwei Männer residierten hinter dem langen Empfangstresen, drei Girls hockten hinter einer breiten Glasscheibe vor der Telefonanlage. Die Halle war verwaist. Hohe Gummibäume und Palmen in Töpfen schirmten leere Nischen ab, in denen sich tagsüber wartende Besucher niederlassen konnten.

Jarvis heftete seinen Blick starr auf die Türen der Aufzugskabinen und schritt darauf zu, ohne sich umzusehen. Er war bisher zweimal hier gewesen, und jedesmal hatte er sich zuerst beim Empfang angemeldet. Er wußte deshalb nicht, ob die Anmeldung obligatorisch war.

Sie schien es nicht zu sein, denn er erreichte unbehelligt einen der Lifts und betrat die Kabine.

Dies war ein Expreßlift, der nur an jeder zehnten Etage halten konnte. Di Marcos Suite befand sich im 28. Stock. Jarvis preßte seinen Daumen auf die 30 und wartete auf die Beschleunigung. Er wippte in den Knien, um die ersten unangenehmen Sekunden zu überstehen. Der Lift schleuderte ihn innerhalb weniger Augenblicke bis zum 30. Stock empor. Er stieg dort aus, rief einen der Etagenaufzüge und fuhr zum 28. Stock hinab.

Der Flur war lang, mildes Licht fiel auf gelben Teppichboden, über kleine Sitzgruppen in geräumigen Mauernischen. Es war sehr still.

Vor einer der rotbraunen Mahagonitüren blieb Jarvis stehen, holte tief Luft und knöpfte sein Jackett zu, bevor er den bronzenen Klingelknopf drückte. Er trat einen Schritt zurück, um sein Gesicht in das Blickfeld des winzigen, in die Tür eingelassenen Guckloches zu bringen. Dabei versuchte er, seine aufkommende Unsicherheit und Nervosität zu unterdrücken.

Obwohl er es hatte vermeiden wollen, zuckte er doch leicht zusammen, als die Tür unvermittelt aufsprang und Tony Gramzas smarte Figur im Rahmen erschien. Tony verzog keine Miene, als er den Eingang freigab, und er verlor kein Wort, während er voranging und die Tür zu dem großen Raum aufstieß, die Vernon Di Marco als Büro und Wohnraum zugleich diente.

Jarvis' Blicke saugten sich an Di Marcos imposanter Erscheinung fest. Der Gangsterboß trug einen schimmernden roten Hausmantel um seine mächtige Gestalt. Zwischen den wulstigen Lippen steckte eine dicke Zigarre so unbeweglich wie ein Bolzen in einem Schiffsrumpf. »Hallo, Boß!« grüßte Jarvis. Es sollte gelassen klingen, doch das klappte nicht so ganz.

»Was willst du hier? Hast du das Girl erwischt?«

Jarvis schüttelte den Kopf. »Sie ist nicht zu finden. Aber Sie wissen doch, ich muß mich etwas zurückhalten . . .«

Di Marco nahm die Zigarre aus dem Mund. »Du solltest doch nicht herkommen? Was ist also los?«

»Einer hat mich aufgespürt«, berichtete Jarvis. Bestürzt sah er, wie Di Marcos Gesicht rot anlief und die ohnehin dunklen Augen sich unvermittelt verdüsterten. »Niemand ist mir gefolgt«, versicherte er hastig. »Ich muß aber untertauchen . . .«

»Wer hindert dich denn daran?«

»Ich brauche Geld und einen Wagen, dann bin ich für eine Weile weg. Ich habe doch noch einiges gut.« Das stimmte, und Jarvis hatte nicht die Absicht, darauf zu verzichten. Er hatte zwar über tausend Dollar in seiner Brieftasche, für alle Fälle. Doch das würde nicht lange reichen, wenn er untertauchen mußte.

»Dreihundert, wenn mich nicht alles täuscht«, sagte Di Marco. Jarvis nickte, das war genau die Prämie für den Mord an Joe Baird.

»Wie bist du hergekommen?« erkundigte sich der Gangsterboß beiläufig, während er zu seinem Schreibtisch ging und eine Schublade öffnete. Er stellte eine massive Kassette auf die Platte, suchte den kleinen Schlüssel am Bund und schob ihn ins Schloß.

»Mit dem Wagen meiner Kleinen«, antwortete Jarvis. Von Maxie wollte er lieber nichts erwähnen.

»Wo hast du den gelassen?« Di Marco zählte sorgfältig das Geld ab und schob es über die Tischplatte. Jarvis trat näher und streckte die Hand aus. Doch Di Marcos Faust fiel wie ein Dampfhammer auf die Scheine.

Verwirrt blinzelte Jarvis seinen Boß an. So hatte der Alte sich ihm gegenüber noch nie aufgeführt. Er, Jarvis, galt zwar noch als Nachwuchsmann innerhalb der Organisation, doch hatte er schon mehrmals Gelegenheit gehabt, sich als zuverlässig zu erweisen. Und nun hatte er sich sogar als Killer bewährt. Jarvis wußte allerdings nicht, daß Di Marco mehr als einen Killer beschäftigte – Berufskiller, Profis.

Di Marco starrte Jarvis an. Dem jungen Gangster fiel ein, daß der Boß eine Antwort erwartete. »Im Parkhaus, drüben neben dem New Amsterdam Theater.«

Di Marco ließ das Geld los, und Jarvis steckte es ein. »Danke«, sagte er.

»Was sind das für Bullen, die hinter dir her sind?«

Jarvis zuckte die Achseln. »Irgendwelche Tecks«, meinte er gleichgültig. Teck ist ein Slang-Ausdruck für einen Detective.

Di Marco schüttelte den Kopf. »Nicht irgendwelche. FBI.«

Jarvis biß sich auf die Lippen. Er wußte es natürlich, aber er hatte Di Marco nicht darauf stoßen wollen.

»Sie haben dich in Bayonne gesehen, haben deine Wagennummer erkannt. Bayonne ist New Jersey, und dein Wagen ist aus New York. Du hast die G-men auf deinen Fersen. Verschwinde, Junge.« Di Marco wedelte mit seiner großen Hand, die goldenen Ringe an seinen Fingern blinkten im weichen Schein der Deckenlampen.

Aufatmend verließ Jarvis die Wohnung. Di Marco signalisierte seinem Vertrauten einen kurzen Befehl zu. Tony Gramza nickte bestätigend, hob den Telefonhörer des Apparates in der Diele ab und wählte eine Nummer, die zu einem Apparat in einer anderen Suite des Waterman Building gehörte. Dann gab er seine Befehle weiter.

Unten durchquerte Jarvis rasch die Halle und trat auf die Straße hinaus. Unmittelbar hinter ihm verließ ein unauffälliger, kleiner Mann das Gebäude und heftete sich auf seine Fersen. Phil und ich suchten zu dieser Zeit noch den Parkkeller des Waterman Building nach dem hellen Dodge ab.

Walter Jarvis zahlte die Parkgebühr an der Kasse des Parkhauses und nahm dafür die Münze in Empfang, mit deren Hilfe er die Schranke an der Ausfahrt öffnen konnte. Langsam kehrte sein altes Selbstvertrauen zurück, als er in den Fahrstuhl stieg und zur 11. Parketage hinauffuhr. Leise pfeifend ging er auf den Dodge zu und öffnete die Tür. Dann erstarrte er. Maxie war verschwunden.

Jarvis spürte, wie seine Knie weich wurden. Wenn das Weib jetzt auf der Straße rumlief, hatte er bald die Polente auf dem Hals, das war ihm klar. Bei Maxies anatomischen Sensationen zweifelte er nicht daran, und er zweifelte ebenfalls nicht daran, daß die Polizei über eine gute Beschreibung des Girls verfügte. Jarvis stieß einen Fluch aus. Er knallte die Wagentür zu und wandte sich um.

Aus dem Schatten einer Betonsäule löste sich eine Gestalt. Maxie, dachte Jarvis, und machte einen Schritt auf die Stelle zu. Doch dann blieb er wie angewurzelt stehen. Das war ein Mann. Der Mann kam langsam auf Jarvis zu; seine Augen hatte er unverwandt auf den jungen Gangster gerichtet. Jarvis wußte Bescheid, urplötzlich überfiel ihn die Erkenntnis, daß Di Marco keinen seiner Leute frei herumlaufen lassen würde, der vom FBI gesucht wurde.

Jarvis stand mitten im Gang zwischen zwei Reihen abgestellter Wagen. Die nächste Deckungsmöglichkeit war nur etwa sechs oder acht Fuß entfernt und doch unerreichbar. Denn der Mann trug eine Pistole in der Hand.

Jarvis stand vornübergebeugt da und sah seinem Henker entgegen. Er wollte es versuchen, obwohl es aussichtslos schien. Jarvis traute sich viel zu, vielleicht konnte er es schaffen. Er spürte den Druck seines schweren Revolvers im Hosenbund. Er konzentrierte sich auf diese Stelle, darauf, wie er die Waffe hervorreißen wollte.

Der Mann kam näher, kam zwischen zwei Wagen hervor und befand sich jetzt wie Jarvis im Gang.

Jetzt, dachte Jarvis.

Seine rechte Hand zuckte unter die Jacke, seine Finger krallten sich um den Kolben der Waffe, rissen sie heraus. Jarvis war tatsächlich schnell. Noch bevor er die Waffe ganz draußen hatte, glitt sein Daumen über den Hammer und zog ihn zurück.

Jarvis riß den Arm hoch und zog durch. Der Schuß zerriß die Stille; das Echo hing dumpf zwischen den Betonwänden. Noch bevor das Donnern des Schusses verhallt war, wußte Jarvis, daß er zu früh abgedrückt hatte. Sein Gesicht verzerrte sich, als er sah, wie der andere seine Waffe ruhig in Anschlag brachte und ihn über den langen Lauf ruhig anpeilte. Jarvis schoß noch einmal, um Sekundenbruchteile zu spät.

Die Kugel des anderen schlug in seine Brust, stieß ihn wie eine mächtige Faust zurück, ließ ihn taumeln.

Der andere ließ seine Pistole sinken. Mitleidlos beobachtete er den Todeskampf seines Opfers, sah, wie Jarvis in die Knie brach, vornüber fiel. Jarvis stüzte sich mit beiden Fäusten auf den rauhen Betonboden, er hob noch einmal den Kopf und sah seinen Mörder aus erstaunten Kinderaugen an. Dann knickten seine Arme weg, sein Gesicht schlug auf den Boden.

Der Mörder näherte sich vorsichtig, die Waffe immer noch schußbereit in der Faust. Er stieß Jarvis mit der Schuhspitze an, drehte ihn herum und sah in gebrochene Augen. Er steckte seine Pistole ein, beugte sich nieder, packte den toten Jarvis unter den Schultern und schleifte ihn zu dem Kombiwagen. Neben dem Fahrzeug ließ er ihn fallen und durchsuchte rasch Jarvis' Taschen. Das Geld aus der Brieftasche ließ er in seiner Jacke verschwinden. Mit dem Wagenschlüssel öffnete er die hintere Tür. Dann wuchtete er die Leiche auf die Ladefläche und schob sie bis zu den Rücklehnen der Vordersitze durch. Dann zerrte er eine Decke von der vorderen Sitzbank und breitete sie über den Toten.

Der Mörder verschloß die hintere Tür, ging um den Wagen herum und ließ sich auf den Fahrersitz fallen. Er startete den Motor, stieß zurück, hielt wieder an. Er beugte sich über die Lehne und suchte noch einmal die Taschen des jungen Gangsters ab, bis er die Münze für die automatische Schranke gefunden hatte. Dann ließ er den Wagen zur Abfahrt rollen.

Die gedachte Wette um meinen nächsten Gehaltsscheck hatte ich glatt verloren. Der helle Dodge mit den braunen Streifen an den Seiten war nicht zu finden. Zwischen all den Cadillacs, Buicks, Mercedes und den großen Fordlimousinen hätte uns die billige Kiste schon lange auffallen müssen.

»Irrtum, sprach der G-man«, bemerkte Phil leichthin. »Es wäre einfach zu schön gewesen. Di Marco zusammen mit einem Mann, der soeben einen Mord begannen hat.«

Ich wandte mich wortlos um und verließ die Tiefgarage. Draußen, in der warmen, dunstigen Luft der 42. Straße, atmete ich tief ein.

»Rufen wir den Chef an?« fragte Phil.

Ich zuckte unschlüssig die Achseln. Es war nichts geschehen, und gegen Di Marco gab es nichts Neues, obwohl ich von der Verbindung Jarvis – Di Marco überzeugt war, denn der sterbende Joe Baird hatte Di Marcos Namen nicht ohne Grund geflüstert.

»Komm«, sagte ich zu meinem Freund. Nebeneinander überquerten wir die Straße, blieben in der Mitte stehen, um einige Wagen vorbeizulassen. Da war eine Lücke, und wir liefen hinüber. Mechanisch beobachtete ich die heranrollenden Wagen.

Da sah ich den Dodge!

Phil war schon weitergegangen. »He!« rief ich hinter ihm her. Der Dodge kam heran, er fuhr in der mittleren Spur, ein anderer Wagen überholte ihn links und verdeckte ihn für einen Moment, so daß ich den Fahrer nicht erkennen konnte. Doch dann genügte ein Blick auf das Kennzeichen. Durch die hintere Scheibe konnte ich deutlich erkennen, daß nur ein Mann im Wagen saß. Jarvis war allein!

Ich wirbelte herum und rannte auf die Telefonzelle zu, die ich schon zuvor benutzt hatte. Ein junger Mann lehnte bequem an der Wand, lächelte verklärt und hauchte offenbar zärtliche Worte in den Hörer. Ich riß die Tür auf, gleichzeitig klappte ich mein Etui auf und hielt den Ausweis hoch.

»FBI«, sagte ich. Der Bursche erbleichte. »Ich muß telefonieren. Geben Sie bitte den Apparat frei.«

Der Mann hängte hastig den Hörer zurück und stolperte aus der Zelle. Ich kurbelte die Nummer der City Police herunter und ließ mich mit der Einsatzleitung verbinden.

»Cotton«, bellte ich. Der Dodge verschwand gerade hinter der Ecke zur Achten Avenue. »Der gesuchte Dodge fährt jetzt über die Achte Richtung Norden. Decker und ich nehmen die Verfolgung auf. Wir bitten um Unterstützung, wenn wir den Wagen stellen. Ende.«

Ich verließ die Zelle und wartete ungeduldig auf Phil, der meinen Jaguar aus dem Parkkeller holte. Der junge Bursche drängte sich an mir vorbei in die Kabine.

Bevor er die Tür hinter sich schloß, streckte er noch einmal den Kopf heraus: »Was ist mit meinem Gespräch? Ich muß jetzt 'nen neuen Nickel dranhängen!«

Der rote Jaguar schoß auf die Straße. »Stellen Sie einen Antrag ans Justizministerium«, schlug ich vor, »ich bin sicher, Sie bekommen Ihr Geld zurück!«

Ich rannte einfach los, warf mich neben Phil. Mein Freund gab Gas, während ich ihm die Richtung wies und das Funkgerät einschaltete.

Die erste Standortmeldung kam von einem Radiocar, der am Columbus Circle stand, allerdings in der falschen Fahrtrichtung.

»Der Dodge bleibt auf der Achten«, meldete der Patrolman.

»Rotlicht«, sagte ich. Phil legte den Schalter um. Zwei oder drei Ampeln hielten uns auf, wir hatten eine rote Welle erwischt. Vorsichtig schlichen wir bei Rot hinüber. Bis zum Columbus Circle brauchen wir sechs Minuten. Der Dodge schien auch nicht schneller voranzukommen. Ein Motorradpolizist beobachtete, wie der Wagen am Hayden Planetarium in die breite Querstraße einschwenkte, die den Central Park durchquert.

Die Zentrale wies den Cop an, den Westausgang zu bewachen, und beorderte zwei Streifenwagen an die Ostseite des Parks. Nach menschlichem Ermessen hatten wir Jarvis in der Falle.

Neben mir flog die Mauer des Parks vorbei, die Einfahrt zur ersten Parkstraße huschte vorüber, dann noch eine halbe Meile. Phil zog den Jaguar in die Kurve, die Reifen wimmerten. Noch keine Meldung von drüben, obwohl der Dodge dort schon hätte erscheinen müssen. Wir schossen über eine Hügelkuppe, links, an einem kleinen See schimmerten die Lichter. Dann schirmten Bäume und dichte Buschgruppen die Blicke ab.

Ich nahm das Mikro zur Hand und drückte die Sprechtaste. »Cotton. Wo bleibt der Dodge?«

»Wir sperren die Ausfahrt«, meldete sich ein Streifenführer, die Stimme klang sehr deutlich. »Seit wir hier stehen, hat noch kein Wagen den Park verlassen.«

Verdammt, dachte ich. Es gab praktisch keine Möglichkeit, diese Straße innerhalb des Parks zu verlassen, außer am anderen Ende an der Fifth Avenue, wo die Streifenwagen der City Police warteten. Von dort aus konnte man auf den East Drive wechseln, der den Central Park von Norden nach Süden längs durchschneidet. Doch dabei hätten die Kollegen den Dodge sehen müssen.

Phil bremste. Im Scheinwerferlicht des Jaguar lag die Ausfahrt; ich erkannte die lange Schnauze eines Patrolcars.

»Wenden«, sagte ich zu Phil. »Langsam zurück.« In mir keimte ein fürchterlicher Verdacht auf. Wieder drückte ich die Sprechtaste.

»Alarm für das 37. Revier. Sie sollen sich nach dem

Dodge umsehen und sämtliche Ausgänge sperren. Alle Personen, die angetroffen werden, kontrollieren.«

Das 37. Revier liegt mitten im Central Park. Die Beamten kennen ihr Revier wie sonst niemand in New York. Jeder Winkel ist ihnen vertraut – die Wälder und Hügel, Seen, Felsengruppen, die Kinderspielplätze, der Zoo und die Rollschuhbahnen.

Rechts öffnete sich ein Weg, ein rundes Schild sperrte die schmale Straße für den öffentlichen Verkehr. Vermutlich handelte es sich um einen Zufahrtsweg für die Wagen der Städtischen Parkverwaltung.

»Fahr da mal rein«, sagte ich.

Der Boden war knochentrocken, keine Spur zeichnete sich ab. Ich bemerkte den zuckenden Widerschein des roten Dachlichtes in dem grünen Blättertunnel. Schnell schaltete ich es aus.

Die Büsche standen nah an dem Weg. Ich spähte nach Spuren. Das grelle Licht der Scheinwerfer fiel über einen kleinen, trockenen Ast, der mitten auf dem Weg lag. Er war mehrmals zerbrochen und tief in den Boden gedrückt.

»Stop, Licht aus«, zischte ich Phil zu. Gleichzeitig öffnete ich die Tür und sprang hinaus.

Phil hatte den starken Handscheinwerfer mitgenommen, der stets unter dem Fahrersitz meines Jaguar liegt. Er knipste die Lampe kurz an und ließ den gebündelten Strahl über den Weg tanzen. Als er sie wieder abschaltete, legte sich die Finsternis wie Watte über uns.

Nebeneinander gingen wir vorwärts. Von weit her drang Verkehrslärm zu uns, und langsam gewöhnten sich unsere Augen an die Dunkelheit. In New York ist es nie ganz dunkel. Die große Lichtkuppel über der Stadt, gespeist von Millionen Lichtern aus Häusern, Straßenlaternen, Leuchtreklamen und Autoscheinwerfern, wirft ihren matten Schein in jeden Winkel.

Wie auf Kommando blieben wir beide stehen. Vor uns war eine Wagentür zugeschlagen worden. Das Geräusch war sehr nahe gewesen. Dann mahlte ein Anlasser, erstarb wieder, drehte sich erneut, ein Motor sprang wie zögernd an, tuckerte unregelmäßig, lief dann rund. Und dann standen wir unvermittelt in hellem Scheinwerferlicht.

Blitzschnell warfen wir uns rechts und links in die Büsche. Die beiden eckigen Scheinwerfer erloschen sofort wieder, also hatte der Fahrer des Wagens uns bemerkt.

Das Brummen des Motors wurde leiser, tiefer, offenbar fuhr der Wagen an. Reifen knirschten leise.

»Licht!« rief ich Phil zu. Wir mußten einen Blick auf das Nummernschild werfen, schließlich konnte es sich bei dem Fahrzeug vor uns um eine rollende Liebeslaube handeln.

Weißes Licht durchschnitt die Dunkelheit, fingerte über eine hellgraue, kantige Karosserie, traf das grüne Zulassungsschild. Ich hatte genug gesehen, Phil offenbar auch. Dunkelheit. Das Knirschen der Reifen verstummte, der Fahrer hatte offenbar Angst, auf uns zuzufahren.

Ich lag gut in Deckung hinter einem Baum, dessen Umfang meinen Körper vor Überraschungen schützte. Ich holte tief Luft und brüllte los. »FBI! Kommen Sie heraus! Hände hoch!« Leiser rief ich Phil zu: »Licht!«

Solange Jarvis im Wagen saß, konnte es Phil riskieren, ihn anzuleuchten. Der Strahl der Lampe zuckte auf. Der Dodge stand etwa dreißig Yard von uns entfernt. Der Fahrer war nicht zu erkennen. Immer noch lief der Motor.

Plötzlich heulte die Maschine auf, die Schnauze hob sich etwas an, dann schoß der Wagen vorwärts, auf uns zu. Ich zog unwillkürlich den Kopf ein, als er vorbeirumpelte. Der Dodge fuhr ohne Licht. Mir fiel mein kostbarer Renner ein, der dem Dodge im Weg stand, etwa fünfzig Yard von hier. Phil verfolgte den Dodge mit dem Handscheinwerfer, leuchtete den rechten Hinterreifen an. Ich riß meinen Smith & Wesson hervor, stützte den Ellbogen auf dem Boden ab, zielte und zog durch.

Schon der erste Schuß saß, zerfetzte den Reifen. Phil wechselte auf den anderen Reifen. Ich zielte wieder wie auf dem Schießstand der FBI-Akademie und zerschoß auch den anderen Reifen.

Der Dodge schlingerte etwas mit dem Heck, streifte die Büsche, schlug gegen einen Baumstamm. Dann gab der Fahrer auf. Die linke Tür, die im Schatten lag flog auf.

Ich sah undeutlich eine Gestalt, die sich herausfallen ließ und in die Deckung des Unterholzes rollte.

Ich sprang auf und hetzte nach vorn. Das scharfe Peitschen eines Schusses stoppte mich. Ich schlug einen Haken, Phil schaltete die Lampe aus. Ich hatte mir die Stelle gemerkt, an der das Mündungsfeuer aufgeblitzt war, und gab einen Warnschuß in die Gegend ab. Zwei Schüsse schnell hintereinander antworteten, doch ich hatte meinen Standort schon gewechselt, kam näher.

»Geben Sie auf!« brüllte ich. »Sie sind umstellt! Hier spricht der FBI!«

Zweige knackten, dumpfe Schritte wurden laut. Ich achtete nicht mehr auf meine Deckung und jagte hinter dem Flüchtenden her. Langsam schien ich näher zu kommen. Der Mann entfernte sich von der Querstraße, versuchte, tiefer in den Park einzudringen. Wenn mich meine Orientierung nicht täuschte, lief Jarvis – ich war fest davon überzeugt, ihn vor mir zu haben – auf den See nördlich der Zweiten Querstraße zu. Von dort aus war es nicht allzuweit bis zum Gebäude des 37. Polizeireviers, wovon der Flüchtende offenbar keine Ahnung hatte.

Hinter mir hörte ich, wie Phil durch das Unterholz brach, doch ich lauschte den Schritten vor mir. Lauschte vergeblich, sie waren verstummt.

Wie angenagelt blieb ich stehen und ging in die Hocke.

Um ein Haar wäre ich dem Mörder wie ein blutiger Anfänger in die Falle gelaufen.

Ein Schuß zerriß die Stille, die Kugel fetzte über mir durch Laub und Äste. Einige Vögel begannen protestierend zu pfeifen. Ich hörte immer noch Phils Schritte. Mein Freund schien einen Bogen schlagen zu wollen. Ich feuerte zwei Schüsse ab, um den Schützen an seinem Standort festzunageln. Rasch steppte ich einige Schritte zur Seite und warf mich lang auf den weichen Waldboden.

Jetzt war Stille, auch Phil hatte offenbar eine günstige Position gefunden, denn er rief: »Sie sind umstellt! Geben Sie auf!«

Die Lichtfinger seiner Lampe zuckten auf, strichen über Gebüsch, erloschen wieder. Unser Gegner gab zwei Schüsse in Phils Richtung ab. Ich hatte mitgezählt. Der Mann hatte fünf Mal geschossen. Phil schaltete den Scheinwerfer wieder ein, und der andere schoß wieder. Sechs! Ich sprang auf, um näher heranzukommen. Der Mörder konnte natürlich auch eine achtschüssige Waffe benutzen, doch dieses Risiko erschien mir in der Dunkelheit tragbar. Ich hatte noch eine Kugel in meiner Trommel, verdammt wenig, doch jetzt war keine Zeit, neue Patronen in die Kammer zu füllen.

Ich versuchte nicht mehr, leise zu sein. Gleichmütig wie ein Elefant stampfte ich vorwärts, wobei ich angestrengt lauschte. Klick! Ich grinste innerlich. Die Waffe des Gegners war leer. Jetzt hatten wir ihn.

»Feierabend!« rief ich. »Rauskommen, Hände hoch! Licht!« Auch Phil war näher herangekommen, der Scheinwerfer blitzte in meiner unmittelbaren Nähe auf, strich über das Laub der Büsche.

Dann stand der Mann im hellen Scheinwerferlicht, hob blinzelnd die linke Hand. Sein Körper wurde halb von einem Strauch gedeckt. Ich blieb verwirrt stehen. Meine Blicke tasteten über die kleine Gestalt, das faltige Gesicht. Der Mann war nicht Jarvis!

Mein Zögern wäre Phil und mir um ein Haar zum Verhängnis geworden. Ich konnte nicht ahnen, daß vor uns ein eiskalter, beherrschter Berufskiller stand, für den es eine Kleinigkeit bedeutete, innerhalb von fünf Sekunden ein neues Magazin in das Griffstück seiner Luger zu rammen.

Ein Arm schoß hoch, ich sah das matte Blinken einer langläufigen Pistole und einen kurzen Mündungsblitz, der auf die Lichtquelle zuzuckte. Ich schrie eine Warnung und riß meinen Arm hoch. Der scharfgebündelte Strahl des Scheinwerfers fingerte in die Höhe, tanzte über Blätter und Äste, verschwand irgendwo am Boden, wo das Licht einen hellen grünlichen Fleck bildete.

Das Entsetzen legte sich wie ein eiserner Ring um meine Brust. War Phil getroffen? Oder hatte er die Lampe nur von sich geschleudert, noch rechtzeitig?

Ich hatte den Schützen genau im Visier gehabt, bevor das Licht verschwand. Nun zog ich den Abzug durch, bemüht, die Stellung der Waffe nicht zu verändern. Ruhig feuerte ich meine letzte Kugel dorthin, wo der Mann gestanden hatte, ehe der Strahl aus Phils Scheinwerfer ihn losgelassen hatte.

Der Schuß dröhnte in meinen Ohren; das Dröhnen setzte sich fort in einer Salve von Schüssen – der vertraute Klang eines Smith & Wesson erschien mir wie

Musik. Phil! Er leerte seine Trommel in die Büsche.

Ich blieb wo ich war, in Deckung, klappte die Trommel meines Revolvers auf und lud nach.

»Phil!« rief ich. »Ich gehe vor!«

»Okay«, kam die Bestätigung, leise etwas gequetscht.

Behutsam setzte ich einen Fuß vor den anderen, verlagerte mein Gewicht erst, wenn ich sicher war, keinen trockenen Zweig unter meinen Sohlen zu haben. Kein Laut drang an mein Ohr, wenigstens keiner, der mir verraten hätte, was mit unserem Gegner los war. Probierte der Unbekannte einen neuen Trick, oder hatten wir ihn getroffen?

In einem leichten Zickzackkurs näherte ich mich dem Strauch, hinter dem der Schütze gestanden hatte. Alle Muskeln meines Körpers und alle Sinne gespannt und bereit, mich beim geringsten Anzeichen einer Gefahr platt zu machen wie eine Flunder auf dem Grund des Ozeans, und genauso unsichtbar.

In größerer Entfernung bemerkte ich plötzlich mehrere tanzende Lichter – dort näherten sich die Reviercops. Ich biß die Zähne zusammen, ging weiter, bis ich gegen etwas Weiches stieß. Ich sprang einen Schritt zurück, ging in die Hocke, wartete mit angehaltenem Atem. Vorsichtig tastete ich mit meiner linken Hand herum, bis ich Stoff zwischen den Fingern spürte, einen Arm, der sich bei meiner Berührung nicht bewegte. Ich glitt an dem Arm entlang, spürte warme Haut, dann kaltes Metall. Die Pistole! Meine Finger schlossen sich um den Lauf der Waffe, wanden sie aus starren, verkrampften Fingern.

»Phil!« rief ich aufatmend und stand auf. Nichts geschah. »Phil!« wiederholte ich meinen Ruf, diesmal lauter. »Mach schon Licht!«

Nach endlos erscheinenden Sekunden hörte ich meinen Freund, der offenbar zu dem weggeworfenen

Scheinwerfer kroch, ihn aufhob und dann näher kam. Der Strahl zuckte über einen Mann am Boden, traf offene, leblose Augen, die leer in den dunklen Himmel starrten.

Schwerfällig kam Phil heran, er stöhnte. Ich sprang auf ihn zu, stützte ihn. Er wehrte sich schwach. »Dieser verdammte Kerl«, stieß er gepreßt hervor. »Muß Augen wie ein Radargerät haben – hat mich erwischt . . .«

Ich entwand meinem Freund die Lampe, leuchtete ihn ab. Ich bemerkte den langen Riß in seiner Jacke seitlich an der linken Brust. Hastig schlug ich seine Jacke zurück, zerfetzte das Hemd. Die Kugel hatte eine breite, blutige Spur über den Rippen hinterlassen, die geplatzten Ränder der Haut waren schwarz versengt.

»Schlimm?« fragte Phil. »Es tut so weh.«

»Streifschuß«, diagnostizierte ich. »Was da weh tut, ist nur die Rippenprellung. Du hast Schwein gehabt, mein Alter!«

Die Schritte der Cops näherten sich. Ich rief ihnen die Richtung zu. Der Sergeant erfaßte die Situation sofort. Er brüllte einige Befehle. Einer seiner Leute rannte zurück, um einen Verbandkasten zu holen.

Ich beugte mich über den kleinen Mann mit dem faltigen Gesicht, tastete nach seinem Puls. Er war tot, getroffen von zwei Kugeln in der Brust und einem Streifschuß am linken Arm. Ich durchsuchte seine Taschen. Außer einer dünnen Rolle Dollarnoten und einigen Münzen, Zigaretten, Streichhölzern und drei Magazinen Munition fand ich nichts, kein Stück Papier, keinen Führerschein, keinen Ausweis, nichts. Nicht einmal Auto- oder Hausschlüssel.

Ich richtete mich auf. »Dort«, sagte ich zu dem Sergeant und gab ihm die Richtung an, »steht ein heller Dodge. Durchsuchen Sie die Umgebung. Ich fürchte, Sie werden einen Toten finden, vielleicht auch zwei.«

Ich sah zu, wie einer der Cops meinen Freund verarztete. Phil hockte am Boden, sein Gesicht war blaß und schmerzverzerrt. Er versuchte, den linken Arm zu bewegen, doch der Cop, der offenbar einiges von Erster Hilfe verstand, herrschte ihn an, den Arm ruhig zu halten, und Phil fügte sich. Ich grinste.

»Laß das blöde Grinsen«, fauchte Phil aufgebracht. »Schließlich bin ich schwer verletzt . . .«

»Fordern Sie einen Krankenwagen an«, sagte ich zu einem anderen Uniformierten. Der Junge salutierte stram und wollte davonrennen.

»Stop!« schrie Phil. Der Beamte blieb wie angewurzelt stehen und blickte ratlos zwischen mir und Phil hin und her. »Keinen Krankenwagen, verstanden?«

Ich sagte nichts mehr, denn der Sergeant rief. »Mr. Cotton! Kommen Sie doch!«

Ich schnappte mir einen der Handscheinwerfer der Revierpolizisten und rannte los, den Lichtern der anderen nach. Zwei Beamte standen um ein dunkles Bündel herum. Dort lag ein Mann, notdürftig zugedeckt mit Laub und abgerissenen Zweigen. Ich beugte mich nieder und strich das Laub aus dem Gesicht des Toten. Es war Walter Jarvis.

»Suchen Sie weiter«, sagte ich. »Ich fürchte, Sie werden noch ein Mädchen finden.«

Ich stapfte zu Phil zurück. Mein Freund stand schon wieder auf den Beinen. »Komm, Alter«, sagte ich zu ihm, »du mußt zum diensttuenden Polizeiarzt!«

Wir gingen zu meinem Jaguar. Ich verfrachtete meinen Freund auf den Beifahrersitz und fuhr dann die kurze Strecke zum Distriktgebäude.

Doc Reiser hatte Dienst. Ich führte Phil in das Untersuchungszimmer des Doc, und während Reiser sich über meinen Freund hermachte, rief ich den Chef an und gab einen kurzen Bericht.

Mit einem Ohr hörte ich dem Doc zu und gab dessen Diagnose an den Chef weiter. »Phil ist beschränkt diensttauglich«, sagte ich. Es war also nicht so schlimm. Das Urteil besagte, daß Phil keinen Außendienst machen durfte.

»Er soll sich ausschlafen«, entschied der Chef, »und Sie auch, Jerry. Wir haben Jarvis' Fingerprints aus der Pension und aus dem Falcon identifiziert. Sein richtiger Name lautete Wilfrid Jaffe, er war dreiundzwanzig Jahre alt, hatte drei Jugendstrafen wegen Autodiebstahls und eine Gefängnisstrafe wegen eines schweren Überfalls.«

»Irgendwelche Verbindungen?« erkundigte ich mich, wobei ich an Di Marco dachte.

»Aus seiner Akte geht nichts hervor. Seine letzte Bewährungsfrist war noch nicht abgelaufen. Ich habe mit dem Bewährungshelfer gesprochen. Jaffe alias Jarvis hatte sich seiner Aufsicht entzogen.«

Also wieder nichts gegen Di Marco. Enttäuscht legte ich auf. Doc Reiser war mit Phil fertig. Bevor ich Phil nach Hause brachte, rief ich noch das 37. Revier an. Bisher hatten die Cops keine Spur von Maxie gefunden. Sollte das Girl entkommen sein? Ich warf dem Doc einen entschuldigenden Blick zu und benutzte noch einmal seinen Apparat, um die gesamte City Police auf das Girl zu hetzen. Wenn sie noch lebte, konnte sie uns vielleicht einen entscheidenden Hinweis geben. Denn sie schien mehr über Jarvis-Jaffe gewußt zu haben, als ich zunächst vermuten konnte. Wir mußten sie haben. Doch hoffentlich verschwand sie nicht genauso spurlos wie Claudia Bradbeer.

Kurz nach halb drei Uhr in der Nacht glitt die ZETA langsam aus dem ruhigen Wasser des kleinen Yachthafens. Die Yacht hatte Positionslichter gesetzt. Monnier wußte, daß er zu früh dran war, daß das frühe Auslaufen gefährlich werden konnte. Doch er wollte nichts riskieren, wollte die Serena di Fraia nicht verpassen.

Marcel Blairaux hielt die ZETA in Sichtweite der Küste, wo auch mitten in der Nacht noch die Lichter entlang der Strandstraße brannten. Monnier hatte das Funkgerät in Betrieb gesetzt, die Kopfhörer übergestülpt und drehte an den Abstimmknöpfen. Um drei Uhr erwartete er eine Nachricht.

Es war eine warme Nacht, klar in Küstennähe, doch weiter draußen lag weißlicher Dunst über dem Wasser. Vor der ZETA schälten sich die punktförmigen Lichter der Verrazano-Narrows Bridge aus der Dunkelheit, die die schmalste Stelle zwischen Brooklyn und Staten Island überspannt.

Als sie die Brücke passiert hatten, wechselte die Yacht den Kurs. Sie überquerten die Untere Bucht in südöstlicher Richtung und liefen in den Atlantik hinaus. Monnier bedeutete Marcel, langsamere Fahrt zu machen. Um Punkt drei Uhr Ostzeit schaltete er das Hochleistungsfunkgerät auf Senden und sprach sehr schnell einige Sätze in Französisch, die für einen Uneingeweihten keinerlei Sinn ergeben hätten. Monnier schaltete um und lauschte.

In seinen Kopfhörern rauschte es, und von weit her drang dünn eine Stimme an sein Ohr, die einige Zahlen nannte und dann verstummte. Monnier setzte die Kopfhörer ab und lächelte.

Die Serena di Fraia war ein italienisches Schiff. Monnier kannte ihren Namen nur aus einem verschlüsselten Telegramm, das er vor einigen Tagen von seinem Partner aus Frankreich bekommen hatte. Der Funker dieses Frachters, ein Franzose, hatte sich bereit erklärt, ein großes, in Plastikfolie verschweißtes Paket mitzunehmen und kurz vor Einlaufen in den New Yorker Hafen über Bord zu werfen. Der Mann wußte nicht, was er da beförderte. Er hatte sein Geld im voraus bekommen.

Die ZETA lief im Kreis. Langsam wurde es im Osten heller, der Himmel färbte sich grau. Ein langgestreckter Tanker glitt schemenhaft vorbei, die ZETA schaukelte in seiner Bugwelle. Monnier beobachtete die Zeiger des Bordchronometers. Um vier Uhr vierzig setzte er die Kopfhörer wieder auf und gab ein Signal. Marcel brachte die Yacht wieder genau auf Südost-Kurs. Der Nebel auf dem Wasser war etwa dreißig Fuß hoch, wurde weißer, durchsichtiger. Monnier öffnete die Seitenfenster des Cockpits. Feuchte, kalte Luft drang herein, das Wetter schien umzuschlagen.

Monnier unterhielt sich mit dem Funker der Serena di Fraia, dessen Stimme jetzt klar und deutlich an seine Ohren drang. Um vier Uhr legte Monnier die Kopfhörer ab und trat auf das Deck hinaus.

Der Nebel dämpfte alle Geräusche, nur das Glucksen der Bugwellen war zu hören, die hin und wieder gegen den Rumpf schlugen.

Monniers schlanker Körper spannte sich plötzlich. Hinter der weißen Nebelwand formte sich ein dunkler, massiger Körper, verdichtete sich, nahm Gestalt an, die Konturen wurden schärfer. Und dann ragte hoch über der kleinen Yacht eine schwarze Bordwand auf. Ein riesig erscheinendes Schiff glitt lautlos vorbei. Das Ende des langen Rumpfes lag noch im Nebel verborgen. Jetzt erfaßte die hohe Bugwelle des Frachters die ZETA, sie dümpelte heftig, und Monnier mußte sich an der Reling festklammern.

Ohne seinen Blick von dem schwarzen Rumpf zu lassen, rief er Marcel einen kurzen Befehl zu. Marcel zog sein Hemd aus und streifte die Hose ab. Monnier starrte hoch zu dem Deck hinauf. Er konnte keine Bewegung dort oben entdecken, doch er wußte, daß dort jemand stand, der einen Sack in der Hand hielt, auf ein Signal wartend.

»Das Horn!« rief Monnier. Marcel preßte seine Hand auf den Schalter des Nebelhorns. Rauh quollen die Töne neben Monnier aus dem elektrisch betriebenen Horn, dreimal kurz und einmal lang. Wieder senkte sich Stille über die Yacht, nur Monnier hörte das stetige Stampfen der schweren Schiffsmotoren des Frachters und das Quirlen der Antriebsschraube. Und dann war noch ein Geräusch! Etwas schlug klatschend ins Wasser, während die Konturen des italienischen Schiffes schon wieder im Dunst verschwammen.

Monnier entdeckte das gelbe Licht, das auf dem Wasser tanzte. Wie verabredet, hatte sein Partner eine einfache Signallampe mit in dem Plastiksack verschweißt. Sie hatten vor Monaten zusammen ausgeknobelt, daß eine solche Lampe durch das weiche Material hindurch leicht anzuschalten sein würde.

Monnier sprang ins Cockpit und übernahm den Ruderstand. Marcel stieg an Deck. Monnier warf das Steuerruder herum und ließ die Yacht langsam auf die Stelle zugleiten, an der er das gelbe Licht gesehen hatte. Auch Marcel hatte es jetzt entdeckt. Mit einem flachen Hechtsprung sprang er über Bord.

Monnier verfolgte den Kopf Marcels mit den Augen. Er nahm das Gas ganz weg, und lautlos glitt das Boot durch das Wasser. Als die Yacht neben Marcel war, schaltete Monnier um. Die Schraube wirbelte das Wasser unterm Heck auf, dann lag die ZETA ruhig und sanft schaukelnd neben Marcel, der den großen Sack umklammert hielt.

Monnier sprang an Deck, kniete sich auf die Planken und griff nach dem Sack, der sehr glatt war und sich kaum packen ließ. Marcel half von unten, er stöhnte vor Anstrengung. Endlich hatten die beiden Männer das unförmige Paket an Bord. Monnier reichte Marcel die Hand, und gewandt sprang der junge Franzose an Bord.

Im Cockpit trocknete er sich rasch ab, während Monnier die beiden Bootsmotoren auf Touren brachte und das Schiff wendete. Wenig später übernahm Marcel wieder den Ruderstand.

Monnier zerrte den schweren, noch von Nässe triefenden Sack über das Deck auf den Niedergang zur Achterkajüte zu. Er hob den Deckel und stieß das Paket einfach hinab. Dann verschloß er die Luke wieder und ging zum Cockpit. Mit unbewegtem Gesicht blickte er über das Wasser, sah, wie sich die Skyline Manhattans unendlich langsam aus dem Wasser zu heben schien, während die Sonne aufging und der Nebel in breiten Fetzen vom aufkommenden Wind vertrieben wurde.

Etwa um dieselbe Zeit schreckte Claudia plötzlich auf. Der Wind schlug die kleine Barracuda rhythmisch gegen den hölzernen Steg, jedesmal gab es ein dumpfes Geräusch. Claudias Herz trommelte wie wild, sie erinnerte sich schmerzhaft an die Ereignisse der letzten Nacht, als ihr Vater ums Leben gekommen war. Dann fiel ihr Blick auf den schlafenden Mann neben sich, und gelöst lächelnd ließ sie sich zurückfallen.

Hammond erwachte knurrend, drehte sich auf die Seite. Sein Arm streifte Claudias nackten Körper, die Finger seiner Hand tasteten über ihre Haut.

»Guten Morgen«, sagte Claudia fröhlich.

»Morgen«, brummte Hammond. »Wie spät ist es?«

»Halb fünf.«

»Halb fünf! Da können wir ja noch drei Stunden schlafen!«

»Wenn du schlafen willst . . .« Claudia betonte das Du.

Hammond schlug die Augen weit auf. »Was habe ich denn für ein schönes Mädchen bei mir?« Er warf Claudias Decke zurück und musterte das Mädchen ungeniert. »Ich glaube, ich gerate langsam wieder auf die Sonnenseite des Lebens«, flüsterte er. Behutsam streichelte er über Claudias Haut. Sie hatte die Augen schlossen, ihre Lippen waren halb geöffnet und schienen zu warten. Hammond beugte sich über ihr Gesicht und preßte seinen Mund auf ihren. Claudia erwiderte den Kuß, schlang ihre Arme um seinen Hals. Die beiden vergaßen die Zeit.

Später saßen sie bei einem spärlichen Frühstück aus Orangensaft, Expreßkaffee und kaltem Fleisch aus der Dose. Hammond schaltete das Radio ein und wartete auf die Zeitansage, während Claudia den Tisch abräumte und Hammond mehrere Karten ausbreitete.

Der Radiosprecher meldete sieben Uhr dreißig und verlas die Nachrichten. Hammond horchte auf, als der Sprecher von den Ereignissen des vergangenen Abends im Central Park berichtete.

»Der Mörder deines Vaters läuft wahrscheinlich immer noch frei rum«, meinte Hammond. »Dieser Jarvis oder Jaffe hat Joe umgebracht. Ich verstehe das Ganze nicht so recht . . .«

»Die Franzosen haben Vater ermordet und sind dann zu Di Marco gegangen. Diesen Jarvis hat Di Marco geschickt, das ist doch ganz klar.«

»Vielleicht«, nickte Hammond. »Cotton heißt der G-man. Den Namen sollten wir uns merken. Wenn wir nicht mehr weiterkommen . . .«

»Rufen wir ihn doch an!« schlug Claudia vor. »Anonym! Sagen wir ihm, daß Di Marco dahintersteckt!«

Hammond schüttelte den Kopf. »Später. Jetzt suchen wir die Yacht.« Er stand auf und stieg ins Cockpit hinauf. Er löste das Verdeck aus seiner Verankerung und rollte es ein. In dem Schrank, in dem er auch die Seekarten gefunden hatte, entdeckte er einen starken Feldstecher, den er auf den Kartentisch legte.

Hammond spähte über das Wasser. Eine starke Brise war aufgekommen und kräuselte die Wasseroberfläche. Er startete die Motoren, sprang auf den Pier, löste die Leinen, warf sie an Deck und stieg wieder ins Cockpit. Claudia kam aus der Kombüse und stellte sich neben Hammond, als er das Ruder herumwarf und den Gaszug auf langsame Fahrt stellte. Er lächelte dem Mädchen aufmunternd zu, als er vorsichtig zwischen den anderen Booten hindurchfuhr und die Barracuda auf den Fluß hinaussteuerte.

Schleppkähne kreuzten ihren Weg, riesige Frachter und lange Tankschiffe stampften stromaufwärts in den oberen Teil des Hafenbeckens von Manhattan und Union City auf der anderen Seite des Hudson. Hammond begann zu schwitzen. Wie lange war er nicht mehr auf dem Fluß gewesen? Der rege Schiffsverkehr beanspruchte seine ganze Aufmerksamkeit.

Claudia hatte den Feldstecher an sich genommen und verließ das Cockpit.

Geschickt kletterte sie an der Seitenreling entlang und kauerte sich auf dem Bugdeck nieder. Sie setzte den Feldstecher an die Augen und begann, den Fluß abzusuchen.

Hammond lächelte. Er rechnete damit, unter Umständen tagelang nach dem Schiff der Franzosen suchen zu müssen.

Hammond zog das Gas voll durch. Die starken Maschinen rissen den Bug hoch aus dem Wasser. Mit stetig wachsender Geschwindigkeit raste die Motoryacht über die kurzen Wellen. Gischt sprühte über das Deck.

Hammond hielt genau auf die Docks von Weehawkens zu. Er kreuzte ziemlich knapp den Weg eines der kleinen Schleppboote, das einen mächtigen Frachter in den Hafen dirigierte. Das Horn des Schleppers stieß eine Reihe warnender Signale aus, doch Hammond achtete nicht darauf. Er hatte seine Sicherheit wiedergewonnen und wußte, was er tat. In einer Entfernung von mindestens zweihundert Yard kreuzte er den Kurs des Schleppers.

Claudia winkte plötzlich, nahm das Glas von den Augen und turnte zum Cockpit. Sie drückte Hammond den Feldstecher in die Hand und streckte den Arm aus. »Da«, sagte sie. »Hinter dem Tanker, das weiße Boot.«

Hammond starrte durch das starke Glas. Scheinbar zum Greifen nahe erschien der Tanker in seinem Blickfeld, er sah Matrosen, die an Bord letzte Hand anlegten, bevor ihr Schiff in einem der Docks festmachte. Und dann hatte er eine kleine weiße Yacht mit niedrigen Aufbauten im Blickfeld. In den Scheiben des rundum geschlossenen Cockpit spiegelte sich das blasse Sonnenlicht. Hammond konnte den Namen der Yacht ganz genau erkennen; die schwarzen Buchstaben stachen in seine Augen. ZETA.

Hammond nahm das Gas zurück, der Bug der Barracuda sank ab. Er verfolgte den Kurs der ZETA. Die kleine Yacht kam ihnen auf der anderen Seite des Stroms entgegen.

Hammond ließ den Feldstecher sinken und sah Claudia triumphierend an. »Sie kommen zurück«, sagte er mit Genugtuung. »Besser kann es gar nicht laufen!«

Die ZETA war noch eine halbe Meile entfernt. Hammond warf das Ruder herum und ging wieder auf volle Fahrt. Er steuerte quer über den Hudson auf die Anlegestege des Yachthafens zu. Claudia ließ die ZETA, die sich rasch näherte, nicht aus den Augen, bis sie sicher war, daß die Franzosen tatsächlich den Yachthafen an der 79. Straße zum Ziel hatten.

Hammond steuerte den Liegeplatz der Barracuda an und vertäute die Yacht. Dann warteten Hammond und Claudia ungeduldig auf die Ankunft der ZETA.

Die weiße Yacht glitt in den Hafen und steuerte einen der Piers im oberen Teil des Hafens in der Nähe des Clubhauses an. Hammond sprang an Land und schlenderte auf das Clubhaus zu. Claudia wartete an Bord der Barracuda. Unauffällig beobachtete Hammond, wie ein Mann von der ZETA an Land sprang, das Boot festmachte und gleich darauf wieder unter Deck verschwand. Hammond betrat das Clubhaus, kaufte am Kiosk einige Zeitungen und eine Stange Zigaretten und ging zu Claudia zurück.

»Sie bleiben offenbar an Bord«, berichtete Hammond. »Ich habe einen der Kerle gesehen – schwarze Haare, groß, in den Zwanzigern . . .«

In Claudias grauen Augen standen unvermittelt Tränen. »Das ist er, der Mörder meines Vaters . . .«

Hammond schlang einen Arm um die Schultern des Mädchens. »Es wird nicht mehr lange dauern, dann lassen wir ihn hochgehen. Wir wollen nur sicher sein, daß die Polizei Beweise findet.«

»Wie willst du sicher sein, David?«

»Ich weiß es noch nicht. Wir warten, bis sie beide von Bord gehen. Hoffentlich sind es nur zwei. Ich will sicher sein, daß die Polizei das Falschgeld findet und auch die Mordwaffe. Wenn wir jetzt schon die Polizei einschalten, und weder das Geld noch die Waffe sind an Bord, haben wir ins Wasser geschlagen. Das verstehst du doch?« Claudia nickte, doch ihre Schultern zuckten. Sie hatte Angst.

Als Phil und ich an diesem Morgen das Distriktgebäude betraten, spürten wir gleich, daß etwas Besonderes los war. Myrna, unsere Telefonistin, steckte ihren hübschen Kopf aus ihrer Kabine.

»Wie geht's Ihnen Phil?« rief sie. »Sind Sie schwer verletzt?«

Phil setzte ein Lächeln auf, Marke tapferer Krieger. »Es geht«, murmelte er. »Danke, Myrna, es muß einfach gehen.«

Ich knuffte meinen Freund und schob mich in den Vordergrund. »Der Bursche mimt«, sagte ich munter. »Lassen Sie sich nicht von dem wehleidigen Ausdruck in seinen Augen beirren, Myrna.« Phil verzog sein Gesicht und stieß einen abgrundtiefen Seufzer aus. Myrna betrachtete ihn besorgt.

»Na, ich weiß nicht«, meinte sie zweifelnd. Phil stöhnte nich heftiger.

»Rufen Sie schnell Doc Reiser an«, rief ich todernst.

Phil wehrte matt ab. »Nicht doch«, sagte er leise. »Ich sagte doch, es geht schon!«

»Was ist eigentlich los?« erkundigte ich mich bei Myrna. »Die Kollegen laufen herum wie aufgescheuchte Bullen . . .«

Myrna warf mir einen Blick aus erstaunten Augen zu. »Das wissen Sie nicht? Große Aufregung im Haus, Riesenkonferenz beim Chef . . .«

»Und wir sind nicht dabei?« rief Phil empört.

». . . und Beamte vom Bundesschatzamt sind schon unterwegs.«

»Bundesschatzamt?« fragte ich.

»Falschgeld«, bestätigte Myrna. »Soll sogar ziemlich gut sein. Deshalb vielleicht auch die Aufregung.«

Ich nickte gleichgültig, zog Phil hinter mir her, und gemeinsam betraten wir den Aufzug. Um das Falschgeld würden sich die Kollegen kümmern, wir hatten schließlich einen Fall, der groß genug war. Den Chef konnten wir jetzt allerdings nicht stören.

Phil und ich teilten uns die Arbeit, die sich auf unseren Schreibtischen angesammelt hatte. Ich entdeckte einen Kurzbericht vom 37. Revier. Es war den Kollegen gelungen, den Toten aus dem Central Park zu identifizieren. Er hieß Henry Rhodes, war dreiundfünfzig Jahre alt, galt in jüngeren Jahren als Schläger verschiedener Gangsterbanden und verfügte über eine lange Liste entsprechender Vorstrafen. Seit sieben Jahren war er nicht mehr straffällig geworden, deshalb gab es keine neueren Eintragungen, die einen Hinweis auf seine letzten Kontakte hätten geben können.

Ich schmetterte das Blatt auf die Tischplatte. »Di Marco ist nicht zu packen«, knurrte ich. »Nichts zu machen! Es hilft nichts, wir müssen zum direkten Angriff übergehen!«

»Frag den Chef«, warf Phil lakonisch ein.

»Der Chef hat zu tun«, antwortete ich. »Ich werde Di Marco überwachen lassen. Die zwölf Stunden Frist, die der Chef uns gegeben hatte, sind um. Jetzt hängen wir uns dran.«

»War ja auch überfällig«, stimmte mein Freund zu.

»Das kannst du veranlassen. Ruf das Revier an.«

»Ich?« fragte Phil gedehnt. Mein Freund schien seine aufsässige Phase zu haben.

»Ja, du. Der Doc hat dich zu Innendienst verdonnert, erinnerst du dich?«

»Dunkel. Aber immer die Kleinen«, knurrte er, hob jedoch schon den Telefonhörer ab und veranlaßte das Nötige. Kurz darauf rasselte mein Apparat.

»City Police, Communication Center, Sergeant Calvez«, meldete sich der Anrufer. »Nachricht wegen Ihres Fahndungsersuchens nach Maxine Starr . . .« Maxie! dachte ich und lauschte gespannt.

»Das Mädchen wurde vor wenigen Minuten an der Cornelia Street gesehen. Sie befindet sich jetzt in einem Beatkeller. Der Name ist Herb's. Irgendwelche Anweisungen?«

»Ich komme. Wer überwacht sie?«

»Detective Sam Roman, ich habe ihn hier auf einer anderen Leitung.«

»Ich bin in zwanzig Minuten da. Er soll solange warten und kann dann abziehen. Ende.« Ich schmetterte den Hörer auf die Gabel, informierte meinen Freund und stürmte aus dem Office.

Die Cornelia Street liegt im Herzen des Village, deshalb war es nicht weiter verwunderlich, daß Maxie dort am hellichten Vormittag einen Beatkeller aufsuchte. Das Girl hatte Nerven, stellte ich bei mir fest. Wahrscheinlich hatte sie sich die ganze Nacht über im Village herumgetrieben, während wir und ihre Eltern das Schlimmste befürchteten.

Knapp zwanzig Minuten später bog ich vom Washington Square Park Süd in die Cornelia Street ein. Langsam rollte ich die kurze Straße entlang. Über die Dächer der geparkten Wagen hinweg versuchte ich, die verschlungenen Schriftzüge über den Eingängen der Kellerbars zu entziffern.

Herb's stand in großen schwarzen Buchstaben auf eine Hauswand gepinselt. Der Name wurde von einer Girlande aus bunten Glühbirnen umrahmt, die sogar jetzt brannten, sich gegen das helle Sonnenlicht jedoch nicht durchsetzen konnten und einen irgendwie freudlosen und wenig verlockenden Anblick boten.

Ich stellte meinen Jaguar an einem Hydranten ab, stieg aus und lief die wenigen Schritte zu Herb's zurück. Ein gebeugter Mann mit verdrossenem Gesichtsausdruck fing meinen Blick auf, nickte unmerklich und wandte sich dann ab. Ich stieg die wenigen Stufen zum Beatkeller hinab. Die massive Holztür stand offen, aus dem Innern der Bar drang Musik heraus und eine undefinierbare Mischung aus verschiedenen Gerüchen. Nein, die Mischung war nicht ganz undefinierbar. Ich schnupperte und unterschied den leicht süßlichen Geruch, der etwas an brennendes Heu erinnerte. Marihuana! Ich seufzte, als ich die jungen Gesichter der Gäste sah.

Im Eingang blieb ich stehen, bis sich meine Augen an das Halbdunkel gewöhnt hatten. Die Theke bestand aus aufeinandergetürmten rohen Holzkisten, die Sitzgelegenheiten aus leeren Fäsern. In einer Ecke hockten etwa acht oder zehn Jugendliche zusammen und ließen ein Stäbchen kreisen. An ihrem Gekicher und grundlosem Gelache erkannte ich, daß das nicht der erste Joint war, an dem sie heute morgen zogen.

Dann sah ich Maxie. Sie saß auf einem Hocker vor der Theke mit dem Rücken zum Eingang. Sie trug immer noch die gleichen braunen Höschen und die weiße Bluse, über die das kupferrote Haar in langen, weichen Wellen floß. Eine Flasche Cola stand vor ihr.

Ich ging zu ihr hinüber und stellte mich neben sie. Sie sah sich nicht um. Ich fischte meine Zigarettenschachtel aus der Tasche, schnippte ein Stäbchen hervor und hielt ihr die Schachtel vors Gesicht.

Maxies Kopf ruckte herum. Ihre Lider flatterten verwirrt, als sie mich erkannte. Ihre Augen sahen müde aus. »Grüße von Walter?« fragte sie, sichtlich bemüht, spöttisch und überlegen zu wirken. Ich antwortete nicht. Sie zupfte eine Zigarette hervor und schob sie zwischen ihre Lippen. Ich knipste mein Feuerzeug an, sie beugte sich zu dem Flämmchen herab und zog den Rauch tief in die Lungen.

Irgend jemand legte eine neue Platte auf, und der harte, hämmernde Rhythmus erschütterte den kleinen

Raum, Maxie starrte vor sich hin. Für die nächsten drei Minuten war jede Unterhaltung unmöglich. Ich betrachtete das Mädchen. Die Bluse war zerknittert. Die Arme, gestern noch weich und rund und braun, hatten sich bläulich verfärbt und zeigten eine Gänsehaut. Unbewußt strich Maxie mit den Händen über ihre Arme und schüttelte sich. Sie fror, wahrscheinlich hatte sie sich die halbe Nacht auf den Straßen herumgetrieben, nachdem ihr das Geld ausgegangen war.

Auf einem Büfett hinter der Theke entdeckte ich einen Stapel Sandwiches unter einer Plexiglashaube. Ich stieß das Girl an und deutete auf die belegten Brote. Sie nickte gleichmütig. Ich bestellte einige per Zeichensprache.Der Keeper warf drei Stück auf einen Pappteller, den er vor mich hinstellte. Ich schob die Platte Maxie zu. Sie drückte die Zigarette aus und verschlang die Sandwiches, noch bevor die Platte abgelaufen war.

»Was ist mit Walter?« fragte sie dann, diesmal leise und kleinlaut.

»Er ist tot«, sagte ich hart.

Die ohnehin schon blassen Lippen wurden grau. »Nein«, flüsterten die Lippen. »Nein, nein, nein . . .« Sie verstummte, weil sie wußte, daß es wahr war. Ihre Finger nestelten eine neue Zigarette aus meiner Packung. Ich nahm auch eine und gab uns Feuer.

»Was war los gestern nacht?« erkundigte ich mich.

Maxie zuckte die Achseln. »Wir sind zusammen ein Stück gefahren, und dann . . .« Sie verstummte, als die Musik wieder einsetzte. Diesmal war sie nicht so laut.

»Sie waren in einem Parkhaus an der 42. Straße«, half ich nach. »In welchem?« Die Mordkommission hatte bisher noch nicht herausbekommen, wo Jarvis alias Jaffe gestorben war.

»Hinter dem New Amsterdam», antwortete Maxie. »Ich sollte warten. Aber es dauerte so lange, und Walter kam nicht wieder. Da bin ich mal eben runtergegangen und habe Zigaretten geholt. Na ja, da war sone kleine Bar, und ich hatte Durst. Und dann war Walter weg, der Wagen, meine ich. Mann, hatte ich 'ne Wut!«

»Wären Sie rechtzeitig zurückgekommen, wären Sie jetzt wahrscheinlich auch tot«, sagte ich. Maxie reagierte nicht.

»Wo ist Walter hingegangen?»

Sie zuckte die Achseln. »Keine Ahnung.«

»Hören Sie jetzt einen Augenblick gut zu«, sagte ich drängend. »Die Männer, die Walter getötet haben, schrecken vor nichts zurück. Sie vermuten, daß auch Sie etwas wissen, weil Sie Walters Freundin waren. Sie werden versuchen, auch Sie umzubringen.« Ich trank einen Schluck, um meine Worte wirken zu lassen. Unsere Gläser waren leer, der Keeper brachte unaufgefordert zwei neue Flaschen.

»Für wen arbeitete Walter?« fragte ich.

»Ich weiß es nicht.«

»Ging er öfter zur 42. Straße?«

»Kann sein. Ich war nie dabei. Wir trafen uns immer bei seiner Pension oder hier, bei Herb. Mehr weiß ich nicht.«

Jaffe war vor elf Monaten aus dem Staatsgefängnis entlassen worden. Drei Monate später hatte er sich der Bewährungsaufsicht entzogen. Das ließ darauf schließen, daß er sich zu dem Zeitpunkt einer Bande angeschlossen hatte. Di Marcos?

»Wann haben Sie Walter kennengelernt?«

Maxie runzelte die Stirn, dann antwortete sie: »Vor 'nem halben Jahr oder so.«

»Hatte er da Geld?«

»Geld? Sicher, Walter hatte immer Geld.«

»Woher?«

»Mann, das weiß ich doch nicht! Ich habe zwar mal

gefragt, aber da wurde er böse. Das ginge mich gar nichts an, hat er gesagt. Da habe ich eben nicht mehr gefragt.« Ich war enttäuscht. Maxie schien nichts zu wissen. Aber wußten Jaffes Mörder von ihr? Wenn ja, würden sie versuchen, das Girl auszuschalten. Ich suchte nach einem vernünftigen Weg, Maxie für einige Zeit aus der Gefahrenzone zu bringen.

»Was macht Ihr Vater?« fragte ich.

»Mein Alter? Der ist Tapezierer.«

»Selbständig?« Maxie nickte. Ich stand auf, legte einige Münzen auf die Theke und sagte: »Kommen Sie mit.«

»Wohin?«

»Zu Ihren Eltern. Los, kommen Sie schon.«

»Ich gehe nicht mehr zu meinen Eltern.«

»Okay, dann bringe ich Sie aufs Revier. Die nehmen Sie für einige Tage in Schutzhaft, bis wir Walters Mörder haben. Das dauert höchstens ein paar Tage.«

»Schutzhaft? Das ist doch nicht drin! Mit welchem Recht?«

»Sie können es sich aussuchen. Umgebracht werden, Schutzhaft oder mit Ihren Eltern verreisen. Also?«

»Mit den Alten verreisen? Da sterbe ich lieber!«

Ich grinste, packte das Girl einfach am Handgelenk und zog es hinter mir her.

Maxies Mutter war allein. Als ich ihr den Fall erklärt hatte, rief sie ihren Mann sofort an. Der alte Starr kam mit dem Taxie. Er schaltete sofort. Seinen Wagen wollte er nicht mehr benutzen. Er telefonierte mit einem Bekannten, der ihm seinen Wagen lieh. Innerhalb von fünfundvierzig Minuten hatten die Starrs gepackt und die Sachen im Auto verstaut. Ich fuhr noch ein Stück hinter ihnen her, bis sie in die Zufahrt zum West Side Highway einbogen und in nördlicher Richtung verschwanden. Zufrieden fuhr ich zum Office zurück.

Vernon Di Marco lutschte an seiner Zigarre. Er hatte sich weit in seinem Sessel zurückgelehnt. Seine leicht hervorquellenden Augen ruhten auf den zwei Koffern, die Tony Gramza auf dem Schreibtisch aufgebaut hatte. Es waren große braune Schweinslederkoffer mit breiten Riemen und großen Messingschlössern. Drei Millionen Dollar!

Di Marco lächelte. Nur ein kleiner Teil gehörte ihm selbst, das Fehlende hatte er sich zusammengepumpt – bei Freunden, Geschäftspartnern und beim Syndikat. Er hatte also immer noch Kredit, wie er leicht verwundert feststellte. Nicht jeder Gangsterboß war in der Lage, innerhalb von knapp vierundzwanzig Stunden zwei Millionen aufzutreiben, und wenn das in Aussicht gestellte Geschäft noch so verlockend sein mochte.

Di Marco wußte zwar, daß er jetzt beobachtet wurde, denn so vertrauensselig waren die Gläubiger nun doch wieder nicht. Für Di Marco spielte es keine Rolle. Das geliehene Geld würde er spätestens morgen wieder zurückzahlen, denn er hatte nicht die Absicht, den kleinen Franzosen mit so vielen Dollars ungeschoren abziehen zu lassen. Di Marco wollte nur das Falschgeld übernehmen, und er hätte es selbst dann übernommen, wenn er die drei Millionen nicht zusammenbekommen hätte. Die Sache wäre dann nur etwas rauher geworden. So war es eben einfacher, das machte den ganzen Unterschied aus.

Tony Gramza betrat lautlos den Raum und kam mit schleichenden Schritten näher. Seine hohe Stirn hatte er in sorgenvolle Falten gelegt.

»Was ist mit Steve?« fragte Di Marco.

Gramza zuckte vorsichtig die Achseln. »Immer noch nichts. Ich habe Franco zum Hotel geschickt. Keine Spur von Steve, keine von den Franzosen.«

Di Marco setzte sich abrupt gerade auf und starrte

Gramza böse an. Ohne den feuchten Zigarrenstummel aus dem Mund zu nehmen, sagte er: »Das gibt es doch nicht! Dieser Franzose wohnt doch im New Milford Hotel!«

»Eben nicht . . .«

»Wieso?«

»Ich weiß es nicht genau, Boß, der Name Monnier ist dort jedenfalls unbekannt. . .«

»Das hat doch nichts zu bedeuten«, versetzte Di Marco ungehalten. Seine Stimme verriet jetzt eine Spur Unsicherheit. Er hatte sich vorgenommen, den kleinen Franzosen nicht zu unterschätzen. Sollte dieser Bandit ihn schon hereingelegt haben?« »Wo steckt Franco jetzt?«

»Im New Milford. Er versucht etwas herauszufinden, schon seit heute früh. Er muß vorsichtig sein.«

Di Marco versank in Schweigen, und Tony Gramza wagte es nicht, die Gedanken seines Chefs zu unterbrechen. Di Marcos Blick heftete sich auf die kleine goldene Uhr auf dem Schreibtisch. Die zierlichen Zeiger wiesen auf zehn Minuten vor zwölf.

Di Marco hob unbewußt seine mächtigen Fäuste und ließ sie dann schwer auf die Tischplatte fallen. Tony Gramza zuckte leicht zusammen.

»Trommle die Jungs zusammen. Wir werden sie heute noch brauchen. Jeden einzelnen. Alle Wagen sollen vollgetankt bereitstehen. Verstanden?«

Gramza nickte hastig. »Bist du sicher, daß wir wegen Henry Rhodes keine Schwierigkeiten bekommen werden?«

»Zwei G-men haben ihn erschossen, er war sofort tot. So steht es wenigstens im Nachrichtenaushang beim Herald, ich bin extra vorbeigefahren. Er hatte nichts bei sich, was irgendeinen Hinweis auf uns geben könnte. Nichts. Sie wissen, daß ich darauf achte . . .«

Di Marco nickte abwesend, seine Gedanken waren schon wieder woanders. Das weiße Telefon auf dem Schreibtisch schnarrte leise.

Als Di Marco den Hörer abhob, stellte er fest, daß es genau zwölf Uhr war.

»Ja?« sagte er. Seinen Gesprächspartner erkannte er an dem fast unmerklichen französischen Akzent, und eine Sekunde lang schoß ihm die unsinnige Frage durch den Kopf, wo Monnier so ausgezeichnet Englisch gelernt haben mochte.

»Die Ware steht bereit«, sagte Monnier. »Sie können sie übernehmen, wann immer Sie wollen.«

Di Marco wollte Zeit gewinnen, und er mußte wissen, wo sich der Franzose verborgen hielt. »Ich bin bereit. Die Einzelheiten können wir nicht am Telefon besprechen.«

»Sie meinen, nicht an Ihrem Telefon«, warf Monnier ein.

»Richtig«, bestätigte Di Marco. »Wo kann ich Sie anrufen?«

Monnier lachte leise. »Ich bin mal hier, mal da«, sagte er leichthin. »Fahren Sie in die Halle Ihres Gebäudes runter. Dort stehen vier Telefonkabinen gegenüber der Rezeption. Gehen Sie in die erste von links. Ich rufe in genau fünf Minuten an.« Es klickte, die Verbindung war unterbrochen.

Di Marco schmetterte den Hörer auf die Gabel und stand auf.

Der Kerl hatte ihn wieder überrumpelt. Er, Di Marco, hatte gar keine andere Wahl, wenn er das Geschäft machen wollte. Und er mußte es jetzt machen. Seine Partner hatten ihm das Geld nicht aus reiner Freundschaft geliehen. Jede Stunde kostete ihn fast zehntausend Dollar.

»Komm mit!« raunzte er Tony an und stürmte zur

Tür. Ungeduldig wartete er auf den Etagenlift, stieg im 20. Stock in den Expreßlift um und lief dann mit langen Schritten durch die Halle. Als er die genannte Kabine erreichte, waren die fünf Minuten fast verstrichen. Die Kabine war leer. Di Marco riß die Tür auf, trat hinein und zog die Tür auf, trat hinein und zog die Tür fest hinter sich zu. Dann nahm er den Hörer ab, wobei er mit einer Hand die Gabel niederdrückte.

Er sog heftig am Rest seiner Zigarre, und im Nu hatte er die enge Kabine eingenebelt, und seine Augen begannen zu tränen. Er warf den Stummel achtlos auf den Boden und trat die Glut aus. In dem Augenblick rasselte der Apparat. Di Marco ließ die Gabel los und meldete sich mit einem kurzen: »Ja.«

»Jetzt können wir uns Zeit lassen«, sagte Monnier gelassen. »Es war doch gut, daß ich mir die Nummer des Apparates notiert hatte, nicht wahr?«

»Ja«, stimmte Di Marco zu. Er beherrschte sich nur noch mühsam. Ganz langsam bekam er eine Ahnung von den Schwierigkeiten, die ihn erwarteten.

»Haben Sie Vorschläge?« erkundigte sich der Franzose höflich.

»Hab' ich. Heute abend, zehn Uhr. Kommen Sie mit einem Wagen zur Elften Avenue und warten Sie vor der Ecke zur 27. Straße auf der Westseite. Tony – Sie kennen ihn ja – wird Sie dort treffen.«

»Pardon, diese Straße ist mir zu unruhig . . .«

»Wo denn, zum Teufel?« fragte Di Marco. Am liebsten hätte er gebrüllt. Er zwang sich, ruhig zu sein. Tony Gramza ging ruhig vor der Kabine auf und ab und warf seinem Boß hin und wieder einen schnellen Blick zu.

»Darf ich einen Vorschlag machen? Wir treffen uns am Rand des Inwood Hill Parks . . .«

»Das ist ja in der Bronx!«

»Richtig, so nennen Sie diesen Stadtteil. Ich werde

auf der Brücke über den Harlem River stehen, mit einem Wagen. Wissen Sie Bescheid?«

Di Marco konnte die Informationen nicht so schnell verdauen. Er versuchte, sich die Gegend vorzustellen. »Das muß die Zehnte Avenue sein . . .«

»Richtig. Punkt zehn. Mein Wagen wird stadteinwärts stehen. Ich werde meinen Mitarbeiter mitbringen. Tony kann auch einen Mann mitbringen. Einen.« Monnier betonte das letzte Wort kaum, doch Di Marco wußte genau, daß es eine Bedingung darstellte.

Di Marco atmete vorsichtig auf. Die Gegend war abends einsam. Zum Hudson hin erstreckte sich der Park, der um die Zeit menschenleer sein würde. Di Marco hätte nicht gewagt, dem Franzosen einen solchen Treffpunkt vorzuschlagen, um ihn nicht mißtrauisch zu machen. Di Marco grinste. Er hatte einige französische Gangsterfilme gesehen und sich jedesmal köstlich über diese Figuren amüsiert, die von Ganovenehre sprachen und auch danach handelten. Vielleicht waren die Franzosen wirklich so? Vielleicht trauten sie auch ihm kein falsches Spiel zu.

»Woran erkennt Tony Ihren Wagen?« erkundigte er sich.

»Darauf komme ich gleich. Wie hieß der Bursche, den Sie hinter mir hergeschickt haben?«

Di Marcos Unterkiefer klappte herab. Ihm fiel nichts Besseres ein, als zu fragen: »Welcher Bursche?«

»Dieser Typ mit den abstehenden Ohren. Er will uns partout seinen Namen nicht nennen. Sie haben loyale Leute, Mr. Di Marco«. Das klang durchaus ernsthaft.

Di Marco gewann rasch seine Sicherheit zurück. Schließlich war in seinen Kreisen nichts dabei, einen Geschäftspartner im Auge behalten zu wollen. »Er heißt Steve.«

»Schön. Liegt Ihnen viel an dem Jungen?«

»Sie können ihn zum Mond schießen. Er ist ein Trottel, wenn er sich schnappen läßt.« Di Marco probierte ein Lachen, hörte jedoch gleich wieder auf. Es kam ihm selbst unecht vor.

»Das erledigen Sie besser selbst. Er kommt zurück, wenn wir unsere kleine Transaktion abgeschlossen haben. Also dann, bis heute abend!«

»So long. Ach, stop! Der Wagen!«

»Richtig!« sagte Monnier. »Wir fahren einen grünen Mercury. Sie kennen den Wagen sicher.« Damit unterbrach Monnier die Verbindung.

Di Marco verließ die Kabine. Auf seiner Stirn standen kleine Schweißperlen. »Komm mit«, fauchte er Tony an. »Wir haben nicht mehr viel Zeit . . .«

»Wie sieht's aus?« fragte ich Phil, als ich ins Office zurückkam. Ich wartete im Grunde nur auf eine Nachricht – auf eine Spur von Claudia Bradbeer. Je mehr Zeit verging, desto geringer erschien mir die Chance, sie noch lebend zu finden. Die Gangster hatten bisher zu schnell geschaltet, und wir hatten immer noch keine Ahnung, was hinter Edmond Bradbeers Ermordung steckte.

Phil enttäuschte mich auch prompt. »Das Revier hat einen Detective pro Schicht auf Di Marco angesetzt.«

»Wie großzügig«, grunzte ich.

»Tja, unser Fall hat den Vorrang verloren. Es geht um das Falschgeld. Die Detectives sämtlicher Reviere stehen in Alarmbereitschaft. Wenn jemand einen dieser fabelhaften falschen Zwanziger über die Theke schiebt, ist innerhalb von zwei Minuten ein Teck da.«

»Die Rush-Hour ausgenommen«, warf ich ein.

»Das ist auch die große Sorge des Chefs. Während der Rush-Hour sollten alle Verbrechen verboten werden.«

Ich lachte. Phil warf mir einen Umschlag rüber. Ich fing ihn auf und zog mehrere Fotos heraus. Die Bilder zeigten ein schmales Mädchengesicht mit gerader Nase, einem ausdrucksvollen kleinen Mund und seltsam lebendig wirkenden Augen. Langes, dunkles Haar rahmte den Kopf ein.

»Könnte mir gefallen«, sagte ich. »Ist das Claudia Bradbeer?«

»Ja. Lieutenant Powell hat die Bilder irgendwo aufgetrieben, sie sind vor ein paar Minuten erst angekommen.«

»Abzüge machen und verteilen lassen«, entschied ich. Das Foto, das Powell bisher für die Fahndung verwendet hatte, war ein älteres Paßfoto des Girls gewesen. Dies hier waren Studioaufnahmen.

»Die Bildchen waren doppelt«, sagte Phil. »Die anderen habe ich schon an die Fahndungsabteilung weitergegeben.«

»Fein.« Verdammt, dachte ich, jetzt sitzt du hier und kannst nichts tun. Es war kurz vor zwölf.

Phil schien meinen Zustand erkannt zu haben. »Essen wir einen Happen«, schlug er vor. »Und dann beteiligen wir uns an Di Marcos Überwachung.«

»Du hast Innendienst«, antwortete ich.

»Ich werde doch wohl in einem Wagen sitzen und einen Hauseingang beobachten können«, protestierte mein Freund. »Wenn du willst, ist das auch Innendienst. Ich werde den Wagen nicht verlassen.«

Die Idee war gar nicht so schlecht. »Okay«, stimmte ich widerwillig zu. »Wir sehen uns nachher die Bilder von Di Marcos Leuten an, soweit sie uns bekannt sind.«

»Das dürften etliche sein. Ich schätze, die Narcotic Squad hat ihre Porträts.« Phil schnaufte. »Di Marco selbst wird vorsichtig sein und seine Nase nicht unnötig vor die Tür stecken, aber die anderen . . .«

»Besorg die Unterlagen. Ich gehe inzwischen mal zum Chef, falls er noch Zeit für mich hat.«

Ich klemmte mir den Umschlag mit den Fotos unter den Arm und begab mich zum Office des Chefs. Helen, seine Sekretärin, lächelte mich an. Ich hockte mich auf die Kante ihres Schreibtisches und erwiderte das Lächeln.

»Immer noch so viel Wirbel?« erkundigte ich mich.

»Im Augenblick geht's. Sie sollten die Gunst der Stunde nutzen, wenn Sie etwas von ihm wollen.«

Das tat ich dann auch.

John D. High war allein in seinem Büro. Vor ihm lagen vier 20-Dollar-Noten. Er sah mich müde an und wies auf einen Sessel.

»Haben Sie etwas Neues?«

»Nicht viel. Maxie Starr, die Freundin des ermordeten Jaffe, ist mit ihren Eltern für einige Tage verreist...«

»Eine Sorge weniger.«

»Claudia Bradbeer macht mir um so mehr Sorgen«, sagte ich und wedelte mit dem Umschlag.

»Zeigen Sie mir das Kind mal!«

Ich zog die Fotos aus dem Umschlag und reichte sie dem Chef. Er studierte das schmale Gesicht und sah dann auf. »Wie ein Mann wie Bradbeer nur solch eine Tochter haben kann«, meinte er und seufzte. Leise, fast unhörbar, fügte er noch hinzu: »Es darf einfach nicht sein...«

Die Sprechanlage summte, und John D. High drückte eine Taste. »Ja, Helen?«

»Mr. Peiker ist hier. Soll er warten?«

»Nein, nein, er möchte bitte reinkommen.« Der Chef warf mir einen entschuldigenden Blick zu. »Die Falschgeldsache, Jerry; Peiker hat einen Haufen Zeugen da und setzt mit ihnen ein Bild des Pärchens zusammen, das die Blüten verteilt.«

Ich nickte nur, als Peiker auch schon den Raum betrat. Der alte, grauhaarige Zeichner hob grüßend die Hand, als er mich bemerkte. Dann legte er zwei Bilder aus dem ID-Kit auf den Schreibtisch.

Das ID-Kit-Verfahren ist die rationellste Methode, um schnell und einigermaßen zuverlässig Bilder von Verdächtigen nach Zeugenaussagen herzustellen. Dieses Kit enthält auf 520 durchsichtigen Folien charakteristische Gesichtspartien wie Kinnlinien, Augen und Augenbrauen, Haartrachten, Lippen, Nasen, und sogar Bärte, Brillen und Kopfbedeckungen fehlen nicht. Die einzelnen Folien sind genormt und mit Kennziffern versehen, so daß die Formel eines zusammengesetzten Bildes per Funk, Fernschreiber oder Telefon an Polizeidienststellen in aller Welt übermittelt werden kann, die dann in der Lage sind, aus ihren ID-Kits ihr eigenes Bild des Gesuchten zusammenzustellen.

Peiker blieb neben dem Chef stehen. John D. High studierte die Gesichter sehr aufmerksam. »Gute Arbeit«, lobte er dann. »Sofort an alle Reviere . . .«

Peikers Blick streifte über Claudias Bilder. Er runzelte die Brauen, sah erst mich und dann den Chef vorwurfsvoll an. »Warum lassen Sie mich stundenlang mit den Zeugen zusammenarbeiten, wenn Sie von dem Mädchen schon ein Originalfoto haben?«

Der Chef hob verständnislos den Kopf. »Wie bitte?« fragte er.

Peiker deutete auf die großen Hochglanzbilder. »Die da meine ich«, sagte er. »Das ist doch das Mädchen!«

Jetzt wurde auch ich munter. Ich sprang auf und sah dem Chef über die Schulter. Die Bilder aus dem ID-Kit zeigten die Gesichter eines Mannes und einer Frau. Die Züge der Frau, obwohl von nahezu unbestimmbarem Alter, wiesen eine verblüffende Ähnlichkeit mit Claudia Bradbeer auf.

»Sind Ihre Zeugen noch da?« erkundigte ich mich bei Peiker.

»Sicher.«

Ich drückte dem Zeichner zwei von Claudias Fotos in die Hand. »Das Archiv soll noch ein paar beliebige Bilder von Frauen heraussuchen. Halten Sie die Porträts dann den Zeugen unter die Nasen.« Ich warf dem Chef einen Blick zu und fragte: »Okay?«

»Okay«, nickte John D. High.

Peiker verließ das Büro, und ich ließ mich wieder in den Sessel fallen. »Seit wann kursieren die Blüten?«

»Die ersten wurden gestern abend gemeldet, und nachdem die Banken heute morgen öffneten, konnten weitere identifiziert werden. Insgesamt haben wir bis jetzt sieben Scheine.«

Sieben Stück, das war nicht allzuviel, dachte ich.

»Die Scheine sind sehr gut«, fuhr der Chef ernst fort. »Wenn die Gangster anfangen, sie im großen zu verteilen . . .«, er seufzte. »Fest steht bisher nur, daß die ersten gestern ausgegeben wurden.«

»Woher weiß man das so genau?«

»Das Bundesschatzamt hat sofort sämtliche Banken gewarnt. Die Banken haben ihre Bestände genau unter die Lupe genommen. Sie haben kein Falschgeld unter den Noten gefunden, die sie seit gestern morgen und länger in den Tresoren haben.«

»Gestern morgen«, sagte ich nachdenklich.

»Ich weiß, was Sie jetzt denken. Gestern morgen wurde Edmond Bardbeer ermordet, und seine Tochter verschwand spurlos.«

»Offenbar nicht spurlos«, warf ich ein. »Sie schleppt eine breite Spur aus Blüten hinter sich her.«

»Wenn sie es ist«, bemerkte der Chef vorsichtig. Wir warteten schweigend, bis Peiker anrief. Als der Chef den Hörer zurücklegte, sagte er: »Sie ist es. Vier Zeugen haben das Mädchen einwandfrei identifiziert.« Er stand auf und trat zu dem großen Stadtplan. »Hier wurden die Blüten gewechselt.« Er wies auf die Gegend am Times Square, auf die 23. Straße in Chelsea und auf den oberen Broadway zwischen der 57. und der 72. Straße.

»Ob der Mann einer von Bradbeers ehemaligen Leuten ist?« fragte ich.

Der Chef zuckte die Achseln. »Möglich. Vielleicht gehört er auch zu denen, die ihn umgelegt haben.«

»Dann würde sie nicht mit ihm umherziehen«, behauptete ich.

John D. High lächelte. »Warum nicht? Wir wissen nicht, wie Bradbeer und seine Tochter zueinander standen.« Ich schüttelte den Kopf. Claudia war vor den Mördern ihres Vaters geflohen. Der alte Joe Baird hatte sie vor den Killern schützen wollen. Das paßt nicht zusammen.

»Interessant ist, was die beiden für die Blüten erstanden haben«, nahm der Chef den Faden wieder auf. Seine Stimme klang leicht verwundert, so als ob ihm ein Gedanke im Kopf rumorte, den er nicht zu formulieren vermochte. »Gebrauchte Kleider, sowohl für den Mann als auch für das Mädchen. Zigaretten, nun, das ist unverfänglich. Aber auch an Imbißbuden haben sie Scheine gewechselt.«

»Claudia ist ins Wasser gesprungen«, sagte ich, »vermutlich so, wie sie war. Vielleicht im Pyjama, vielleicht in der Kleidung, die man frühmorgens an Bord einer kleinen Yacht trägt. Sie wird kein Geld in den Taschen gehabt haben . . .«

»Wahrscheinlich doch . . .«

»Natürlich, die Blüten! Aber die kann auch der Mann gehabt haben.«

»Möglicherweise war der auch an Bord und ist genau wie Claudia und Joe Baird entkommen.«

»Lieutenant Powell von der City Police in Bayonne hat festgestellt, daß nur Bradbeer, Claudia und Joe Baird an Bord waren. Sie muß den Mann später getroffen haben. Ein Freund!« rief ich.

Mr. High nickte. »Natürlich! Sie schwamm an Land, hatte keinen trockenen Faden am Leib, kein Geld, jedenfalls kein echtes, und wußte, daß die Mörder ihres Vaters hinter ihr her waren. Also wandte sie sich so schnell wie möglich an jemanden, dem sie vertrauen konnte. Sie müssen schnellstens . . .«

»Weiß Bescheid. Claudias Freunde und Bekannte. Das ist eine Aufgabe für Powell.«

Der Chef versank wieder in Nachdenken. »Das Motiv für Bradbeers Ermordung ist das Falschgeld«, sagte er schließlich. »Es muß an Bord gewesen sein. Es sollte übergeben werden, es gab Streit, möglicherweise über die Kaufsumme . . .« Ich fuhr steil hoch. »Ich hab's!« rief ich laut. Der Chef sah mich aufmerksam an. »Ist das Papier schon untersucht worden?«

»Zwei Blüten wurden noch gestern abend nach Washington geflogen, eine wird hier untersucht. Die Untersuchungen sind noch nicht abgeschlossen. Die Chemiker können die Herkunft des Papiers nicht ermitteln.«

»Das ist ein Fall für Interpol«, behauptete ich fest. »Das Papier stammt aus Frankreich.« Der Chef verstand nicht sofort, der Fall Bradbeer war ihm schließlich nicht so geläufig wie mir. Ich dachte an die Worte des sterbenden Joe Baird. »Franzosen haben Bradbeer ermordet, und jetzt macht Di Marco das Geschäft. Baird muß den Namen irgendwie aufgeschnappt haben.«

»Das könnte passen«, stimmte der Chef zu. »Di Marco würde begierig nach dieser Chance greifen, wenn sie ihm geboten würde.«

»Und er wird erbarmungslos jeden aus dem Weg räumen, der ihm dabei in die Quere kommt. Ich wette, daß Claudia nur Scheine für ihren Eigenbedarf einwechselt. Wenn Di Marco dahinterkommt . . .«

»Er wird«, sagte der Chef düster. »Sämtliche Zeitungen wurden informiert. Die Mittagszeitungen bringen die ersten Berichte . . .« Er preßte die Lippen zusammen, starrte vor sich hin, schien nach einem Ausweg zu suchen. Schließlich richtete er sich auf. »Sie wollten Di Marco auf den Pelz rücken«, sagte er, und hart fügte er hinzu: »Tun Sie's!«

Ein strahlend blauer Himmel wölbte sich über Manhattan; von der in den letzten Jahren gewohnten Dunstglocke war keine Spur zu entdecken. Die New Yorker glaubten an ein neues Naturwunder.

Claudia und Hammond lagen nebeneinander auf dem Vorderdeck. Sie trugen Badekleidung, die sie in einem der Schränke gefunden hatten. Sie spürten die Wärme der Sonne auf ihrer Haut, hörten das Tuten der Schiffe auf dem Hudson und das Brausen des Verkehrs auf dem nahen Highway nur wie aus weiter Ferne und schienen der Wirklichkeit entrückt zu sein wie auf einer einsamen Insel.

Die erhöhte Bordwand schützte sie vor zufälligen Blicken. Hammond hob hin und wieder den Kopf, spähte durch den Wald aus Schiffsmasten zu der Stelle hinüber, wo die ZETA liegen mußte, doch sehen konnte er das Boot nicht. Dann wanderte sein Blick zu dem Mädchen an seiner Seite zurück, das die Augen geschlossen hielt. Die Sonnenstrahlen spiegelten sich in den polierten Decksplanken, schienen in Claudias volles, dunkles Haar einzudringen und es von innen her zum Leuchten zu bringen wie schwarzen Diamant.

Die ersten Stunden des Vormittags war Hammond

unruhig umhergelaufen, doch jetzt lag er da und genoß diese Minuten, die ihm der Zufall geschenkt hatte. Ihm, der sich schon am Ende geglaubt hatte. Oder bedeutete die Begegnung mit Claudia nur einen Aufschub? Würde er wieder in den Slums untertauchen, wenn sie aus seinem Leben verschwand? Hammond beschloß, den Kampf ums Dasein wiederaufzunehmen. Mit allen Mitteln, genau wie alle anderen.

Schmerzhaft kam ihm zu Bewußtsein, daß er nichts hatte, was er einem Mädchen wie Claudia bieten konnte. Sie war ein junges Mädchen, fünfzehn Jahre jünger als er, und wahrscheinlich war sie reich. Bradbeer hinterließ bestimmt genug legales Geld, um seine Tochter für immer sorgenfrei leben zu lassen.

Hammond verdrängte die Gedanken. Seine Augen wanderten zu der Uhr über dem Eingang des Hafengeländes hinüber. Es war drei Minuten vor zwölf. Als er den Kopf wandte, gerieten die zwei Männer in sein Blickfeld. Sie schritten nebeneinander über den Steg, an dem die ZETA lag.

Hammond stieß Claudia an. Sie fuhr hoch. Hammond drückte ihr den Feldstecher in die Hand und deutete auf die Männer. Claudia hob das Glas an die Augen und stellte es scharf ein. Hastig ließ sie es wieder sinken. Hammond wußte genug.

Er sprang auf und lief in die kleine Kajüte. Dort schlüpfte er in seine Hosen, zog ein Hemd über und die Sandalen an die Füße, die er gestern abend noch mit einem der falschen Zwanziger erstanden hatte.

Er lächelte Claudia ermutigend zu, als er über die Bordwand auf den Steg flankte. Hammond sah gerade noch, wie einer der beiden Männer, es war der kleinere, in der Telefonzelle vor dem Clubhaus verschwand, während der andere geduldig vor der Kabine wartete. Hammond sah wieder auf die Uhr. Es war genau zwölf.

Hammond schlenderte langsam an den anderen Booten vorbei, blieb hier und dort stehen wie jemand, der Schiffe liebt und sich für jedes interessiert.

Der kleine Franzose verließ die Zelle nach etwa zehn Minuten. Die beiden Männer gingen auf das Clubhaus zu und verschwanden hinter der gläsernen Tür. Hammond vermutete, daß sie zu Mittag essen wollten.

Langsam näherte sich Hammond dem Steg, an dem die ZETA lag. Dann schritt er über die rauhen Bohlen, blieb wieder vor nahezu jeder der Yachten stehen, die hier festgemacht waren.

Einmal warf er einen schnellen Blick zurück. Das Clubhaus lag erhöht hinter ihm. In den hohen Fenstern spiegelte sich das Sonnenlicht und erlaubte keinen Blick ins Innere des Gebäudes. Hammond hoffte, daß die beiden Franzosen vor dem Essen einen Drink an der Bar nehmen würden. Doch er wurde ein unbehagliches Gefühl nicht los. Diese blinden Scheiben in seinem Rücken . . .

Doch stur ging er weiter. Er hatte sich entschlossen, der Sache ein schnelles Ende zu bereiten, wenn er Beweise gegen die Franzosen finden würde. Entweder das Falschgeld oder Waffen. Dann wollte er die Polizei informieren.

Hammond sah auf das Deck der ZETA hinab. Die Yacht wirkte flach und langgestreckt durch die niedrigen Kajütaufbauten. Nur das Cockpit im Heck lag erhöht. Eine Schiebetür im Cockpit schien den Zugang zum Ruderstand und zu den Kajüten zu bilden, doch auf dem Vorderdeck entdeckte Hammond noch eine Luke, offenbar ein Zugang zu einem kleinen Geräteraum.

Die quadratischen kleinen Fenster waren geschlossen und von innen mit Vorhängen verhängt. Er ging langsam weiter, nur wenige Schritte, kehrte rasch um und sprang auf das Deck der ZETA. Das Boot schaukelte von seinem Aufprall. Hammond warf sich herum und tauchte hinter dem Cockpit unter, weil er hier vor den Blicken aus dem Clubhaus geschützt war. Sein Herz hämmerte wild, und er gestand sich ein, daß er Angst hatte.

Hammond packte den Riegel der Schiebetür und versuchte, ihn herumzulegen. Das Metall rührte sich nicht. Die Cockpitfenster hatten keine Vorhänge. Hammond legte eine Hand an das Glas und brachte sein Gesicht nahe an die Scheibe. Er sah den erhöhten gepolsterten Sitz des Steuermannes, die verschiedenen Instrumente, und dann blieb sein Blick auf dem Funkgerät hängen. Es war eine aufwendige Anlage, die für ein Schiff dieser Größe ungewöhnlich war. Mit den Augen des Fachmannes erkannte er, daß man mit diesem Gerät notfalls bis nach Europa funken konnte. Auf dem Kartentisch waren Seekarten ausgebreitet.

Hammond nahm seinen Kopf zurück und drückte probeweise gegen die Scheibe. Zu seiner Überraschung drehte sich das Fenster um seine horizontale Achse – die Franzosen hatten offenbar vergessen, den Fensterriegel umzulegen. Lautlos ließ sich der Metallrahmen verdrehen und bildete einen breiten Schlitz, der allerdings immer noch zu schmal war, um ihn hindurchzulassen.

Hammond steckte seinen Arm durch den Spalt und tastete nach dem innen liegenden Teil des Türriegels. Er berührte den Hebel mit den Fingerspitzen. Jetzt kam es drauf an. Wenn das Schloß nur eingeschnappt und nicht zusätzlich abgeschlossen war, konnte er vielleicht die Tür öffnen.

Hammond ächzte, als er sich gegen den Rahmen preßte, um noch weiter zu kommen. Endlich legten sich seine Finger um den Riegel, und er konnte den Hebel herumdrücken. Dann stieß er die Tür zurück, schlüpfte ins Cockpit, zog die Tür hinter sich zu und schob auch das Fenster wieder in seinen Rahmen.

Ohne zu zögern, ging er auf den Niedergang zu, stieg die wenigen Stufen in die Hauptkajüte hinunter und sah sich dort um. Dieser Raum schien als Aufenthaltsraum und Kombüse zu dienen. Hammond hob den Sitz der langen Bank und musterte mit den Augen deren Inhalt – Decken, alte Zeitungen, eine Taschenlampe und ein Overall. Rasch durchstöberte er die anderen Schränke und Fächer, ohne etwas Verdächtiges zu finden. Ein Geräusch ließ ihn erstarren.

Irgendwo hatte etwas gepoltert. Hammonds Augen hingen wie gebannt an einer geschlossenen Tür, die in das Vorschiff zu führen schien. Er legte seine Hand auf den Drehknauf, zögerte noch einen Augenblick, stieß die Tür dann auf. Vor ihm lag ein winziger fensterloser Raum, von dem drei weitere Türen abzweigten. Hammond lauschte, und als sich das Geräusch nicht wiederholte, öffnete er die Tür zu seiner Linken. Dort lag ein kleiner Waschraum mit Waschbecken und Dusche, der kaum Platz als Versteck für irgend etwas bot. Hammond drehte am Knauf der gegenüberliegenden Tür. Sie war verschlossen, doch Hammond bemerkte, daß der Schlüssel im Schloß steckte. Entschlossen drehte er ihn herum und öffnete die Tür.

Durch die zugezogenen Vorhänge sickerte bläuliches Licht, das die Umrisse im Raum verwischte. Hammond zuckte zusammen, als er eine Bewegung mehr spürte als sah. Auf einer Koje mit hochgezogenen Seitenwänden lag ein Mann. Hammonds Körper spannte sich, und er hielt die Luft an.

Doch dann atmete er vorsichtig aus. Der Mann war gefesselt, und zwar fachmännisch. Die Stricke umschlossen seinen Körper, die Hände waren nach hinten gezogen und mit den Fußgelenken verbunden. Der Mund war mit breitem Heftpflaster verklebt. Aus großen Augen starrte der Mann Hammond an. Hammond unterdrückte seinen ersten Impuls, der ihn dazu trieb, den Gefesselten zu befreien. Er zog sich zurück und verschloß die Tür wieder.

Menschenraub, dachte Hammond. Das mußte der Polizei genügen, um Ermittlungen gegen die Franzosen in Gang zu bringen. Hammond wollte sich schon zurückziehen, doch dann betrat er auch noch den Raum im Vorschiff, er wollte nichts versäumen, wo er schon einmal hier war.

Der Raum lief nach vorne hin spitz zu. Es roch nach Farbe und Teer und Öl. Durch die Schlitze der Luke in der Decke schimmerte Licht, doch genügte es nicht, um etwas erkennen zu lassen. Hammond tastete nach dem Lichtschalter und legte den Kipphebel um. Eine kleine Lampe an der Decke riß Gerümpel aus der Dunkelheit, Seilrollen, Benzinkanister, Kisten und Säcke. Ein großer Plastiksack fiel Hammond ins Auge, weil sich unter ihm eine breite Wasserlache gebildet hatte. Neugierig trat er näher und befühlte das Material. Es bestand aus dicker, milchiger Folie, und offenbar auch aus mehreren Schichten.

Hammond versuchte den Inhalt zu ertasten, weil der Sack fest zugeschweißt war. Er hob ihn an, um vom Gewicht Rückschlüsse auf den Inhalt zu ziehen. Hammond wollte glauben, daß er das Falschgeld vor sich hatte, und als er alles, was er wußte, zusammenzählte, kam er zu dem Schluß, daß er es tatsächlich gefunden hatte. Die ZETA war gestern abend ausgelaufen, heute morgen zurückgekommen. Im Boot befand sich ein Sack, der noch tropfte.

Dann fand Hammond noch die beiden Koffer, von denen Claudia gesprochen hatte. Sie lagen unter einem aufgerollten Tau. Hammond versuchte, einen zu öffnen, doch beide waren verschlossen. Ein alter, unscheinbarer Karton stand daneben, achtlos verdeckt von einem Bündel Putzwolle. Hammond warf die Putzwolle zurück und klappte den Deckel auf. Beim Anblick des Inhalts zog er scharf die Luft ein. Geld! Noten aller Größen, gebündelt. Claudias Geld, der Betrag, mit dem Bradbeer Falschgeld kaufen oder eine Anzahlung leisten wollte, Hammond wußte es nicht. Er wollte den Karton mitnehmen, ließ den Gedanken jedoch schnell wieder fallen. Die Franzosen würden ihn wahrscheinlich, ohne zu zögern, abknallen, wenn sie ihm zufällig begegnen sollten.

Hammond wußte genug. Schnell verließ er die Yacht, drückte die Tür zum Cockpit ins Schloß und spähte über den Steg.

Nichts rührte sich in seiner Nähe, nur weiter vorne lief eine Gruppe junger Leute in Seglerkluft die Stufen zum Clubhaus hinauf.

Hammond sprang auf den Steg. Er zwang sich zu langsamen Schritten, als er auf das Clubhaus zuging. In der Telefonzelle neben dem Haus stand ein älterer Mann, der sich gemächlich gegen die Glaswand gelehnt hatte. Hammond wußte, daß am Eingang des Riverside Parks noch eine Telefonzelle stand. Rasch verließ er das Gelände des Yachthafens.

Er spürte jetzt den Schweiß, der ihm in kleinen Bächen über Stirn und Hals rann und von den Achseln her kalt am Oberkörper herablief.

Hammond überquerte den Parkplatz, der zum Hafen gehörte, und als er den kühlen Schatten der Parkbäume erreichte, beschleunigte er seine Schritte. Vor ihm erhoben sich die schlanken Betonstelzen, auf denen die Fahrbahnen des Highways ruhten. Die Telefonzelle befand sich am Riverside Drive, dort, wo die Zufahrt zum Yachthafen und der Eingang zum Park lagen. Noch etwa zweihundert Yard.

Ein Geräusch ließ Hammond herumfahren. Er stand jetzt unter dem Highway, über sich hörte er das Singen der Reifen auf dem glatten Asphalt. Hammond sah einen Mann, der mit langen, geschmeidigen Sprüngen auf ihn zurannte. Hammond erkannte den jungen Franzosen, und er hatte keinen Zweifel daran, daß der Mann genau auf ihn zulief. Der andere Franzose tauchte hinter einer Buchgruppe auf. Er näherte sich ganz gemächlich.

Dann war der große, schlanke Mann bei Hammond und blieb stehen. Hammond rührte sich nicht. Eine eiskalte Ruhe hatte von ihm Besitz ergriffen. Er spannte seine Muskeln und bedauerte, daß er seine Colt Commander auf der Barracuda gelassen hatte.

Er erwartete einen Angriff, Flüche oder Fragen. Doch der junge Bursche rührte sich nicht, er starrte ihn nur aus dunklen Ausgen an. Hammond beobachtete seine Hände. Sie waren schmal und sehnig und hingen locker herab. Der Mann trug eine weite Leinenjacke über einem roten Polohemd und weiße, enganliegende Jeans. Dann war der andere plötzlich da und blieb neben dem jüngeren stehen.

»Was wollen Sie von mir?« fragte Hammond mit rauher Stimme.

Monnier lächelte. »Ich sah Sie von meinem Boot springen. Suchten Sie mich?«

Hammond schüttelte den Kopf. »Ein schönes Schiff. Ich hab' mich nur dafür interessiert.« Der Kerl schien nicht gemerkt zu haben, wie lange er, Hammond, auf der Yacht gewesen war. Vielleicht konnte er sich herausreden. Monnier kniff die Lider zusammen. »Sie können mir viel erzählen. Sie haben etwas gesucht. Was?«

»Nichts«, behauptete Hammond stur, »und jetzt muß ich weiter.«

»Ihrem Boß Bericht erstatten?«

Hammond hatte sich bereits zum Gehen gewandt. Jetzt blieb er stehen und drehte sich wieder um. »Meinem Boß?«

»Ich habe ihn gewarnt«, sagte Monnier leise. Er stieß ein Wort aus, das Hammond nicht verstand. »Er bekommt jetzt meine letzte Warnung.«

Monnier trat einen Schritt zur Seite. Hammond bemerkte eine große Pistole in der Hand des jüngeren Franzosen, deren Mündung auf seinen Kopf wies.

»Was soll das?« fragte Hammond ärgerlich.

Monnier streckte seine Hand aus und übernahm die Waffe. Vorsichtig ging er halb um Hammond herum und preßte ihm die Mündung der Waffe urplötzlich hart und schmerzhaft in die Seite. Hammond wollte eine abwehrende Bewegung machen, die Pistole zur Seite schlagen, doch er kam nicht mehr dazu. Wie eine Katze glitt Marcel heran, und dann schoß eine stahlharte Faust in Hammonds Magengrube. Der plötzliche Schmerz nahm ihm den Atem. Er krümmte sich zusammen und riß den Mund auf, gierig und jaulend schnappte er nach Luft. Er war wie gelähmt von dem einen Schlag, und hilflos mußte er mit ansehen, wie der Bursche zu einem neuen Fausthieb ausholte. Die Faust fuhr durch die Luft und grub sich in Hammonds linke Seite. Hammond spürte, wie seine Knie weich wurden. Er wehrte sich gegen die aufkommende Bewußtlosigkeit, wußte, daß er etwas tun mußte. Das Grün der Bäume und Sträucher und der blaue Himmel verflossen plötzlich zu einem verwaschenen Grau, das keine Konturen mehr zu haben schien. Unendlich langsam knickten die Beine unter ihm weg. Aus, dachte Hammond. Aus und vorbei. Sie schlagen dich tot.

Phil steuerte eine helle Chevrolet Limousine, ich folgte ihm mit meinem Jaguar. Mein Freund fand als erster eine freie Parkuhr, fast genau vor dem Waterman Building. Er setzte seinen Wagen hinein und schaltete den Motor ab.

Ich mußte den Block noch dreimal umrunden, ehe ich eine Lücke fand, die meinen Vorstellungen entsprach. Ich schaltete das Sprechfunkgerät auf Polizeiwelle und meldete mich. »Cotton für Decker und Detective George Bardette.«

»Decker«, bestätigte mein Freund, und auch Bardette hatte meinen Ruf empfangen.

»Sie können Pause machen, Bardette«, sagte ich.

»Fein«, antwortete der Revierdetectiv, »dann kann ich mir jetzt endlich 'nen Kaffee leisten.«

»Lassen Sie sich Zeit«, sagte ich, »aber bleiben Sie in der Nähe.«

»Weiß Bescheid. Ende.«

Wir hatten unser Vorgehen schon früher abgestimmt, jeder wußte, was er zu tun hatte. Ich hatte die Aufgabe, Di Marco auf die Zehen zu treten, und zwar so, daß er hüpfen würde.

Ich stieg aus und ging über die Straße auf das Waterman Building zu. In meiner Jackentasche steckte eine Zeitung. Ich betrat die Halle und erkundigte mich bei dem Portier nach Di Marcos Apartment, dann stieg ich in den Lift und fuhr nach oben.

Ich fand die Tür zu Di Marcos Wohnung und drückte den Klingelknopf. Die Zeitung hatte ich jetzt in der Hand.

Nach den Fotos, die uns die Narcotic Squad zur Verfügung gestellt hatte, erkannte ich den Typ sofort, der mir die Tür öffnete.

»Guten Tag, Mr. Gramza«, grüßte ich höflich.

»Sollte ich Sie kennen?« erkundigte sich Gramza.

Wachsam sah er mich an und machte keine Anstalten, die Tür freizugeben. Ich zückte meine ID-Card und klappte das Etui auf. Falls Di Marcos Gorilla überrascht war, hatte er sich gut in der Gewalt. Er zog die dünnen Augenbrauen etwas in die Höhe und mimte den Erstaunten. »FBI?«

»Jerry Cotton«, bestätigte ich. »Ich möchte Mr. Di Marco sprechen.«

»Mr. Di Marco schläft, und ich darf ihn nicht stören, tut mir leid, Mr. Cotton . . .«

Ich wußte, daß Di Marco nie auf seinen Mittagsschlaf verzichtete, die Akten über ihn waren wirklich sehr umfangreich. »Ich fürchte, Sie werden ihn doch stören müssen«, sagte ich mit falschem Bedauern in der Stimme. »Ich habe einen Vorführungsbefehl. Es liegt ganz an Ihrem Boß, ob ich von diesem Befehl Gebrauch mache oder nicht.«

Gramzas glattes Gesicht zeigte jetzt doch eine Spur von Besorgnis. »Zeigen Sie mir den Wisch«, sagte er.

»Sind Sie sein Anwalt?« Gramza schüttelte den Kopf. »Na also. Sagen Sie Ihrem Boß jetzt Bescheid. Und richten Sie ihm aus, daß es mir überhaupt nichts ausmacht, meine Fragen hier auf dem Flur zu stellen.«

Gramza trat schnell einen Schritt zurück; ich betrat die Diele, und Gramza schloß die Tür.

»Ich will versuchen, ihn zu wecken. Darf ich fragen, worum es sich handelt?«

»Sie dürfen. Aber beantworten werde ich die Frage nur Ihrem Boß, es sei denn, Sie können nachweisen, daß Sie Di Marcos offizieller, im Handelsregister eingetragener Bevollmächtigter sind.«

Tony Gramza gab es auf. Ohne ein weiteres Wort verschwand er hinter einer Tür. Ich wartete, während ich die Zeiger meiner Armbanduhr verfolgte. Ich gab Di Marco genau fünf Minuten. Wenn ich ihn bis dahin nicht zu Gesicht bekam, würde ich Wirbel machen. Das Recht dazu hatte ich schwarz auf weiß und mit der Unterschrift eines verantwortlichen Bundesanwalts versehen. Dieses Papier hatte Mr. High mir verschafft, weiß der Teufel, wieviel Überredungskunst es ihn gekostet hatte.

Nach vier Minuten und fünfundfünfzig Sekunden sprang die Tür wieder auf, hinter der Gramza verschwunden war. Gramza nickte mir zu und ging dann vor mir her in den großen Raum. Di Marco hockte hinter seinem Schreibtisch, seine Augen waren noch klein vom Schlafen, und das große Gesicht sah zerknittert aus. Er streifte mich mit einem kurzen Blick und begann, an einer riesigen Zigarre herumzufingern. Als er sie hergerichtet hatte, glitt Tony Gramza heran und gab ihm Feuer.

Di Marco paffte, bis die Zigarre richtig brannte. »Cotton«, bellte er dann. »Ist das Ihr Name?«

»Das wissen Sie verdammt genau«, antwortete ich unfreundlich. »Sie wissen, daß ich in der Mordsache Jaffe ermittele, und Sie wissen, daß ein Kollege und ich gestern abend einen Mann namens Henry Rhodes gestellt haben.«

»Richtig, Sie haben ihn erschossen. Und was wollen Sie von mir?«

Ich wedelte mit der Zeitung in der Hand. »Auskünfte über Jaffe und Rhodes. Jaffe hat drüben in Bayonne Joe Baird ermordet.«

»Joe Baird . . . der Name hat auch in der Zeitung gestanden?«

»Er hat. Baird war Bradbeers Mann. Jaffe war Ihrer.«

Di Marco lachte. »Ich habe viele Leute. Jaffe gehörte nicht dazu.«

»Jaffe wurde verfolgt.« Jetzt mußte ich einen Bluff versuchen. »Er war hier in diesem Haus, bevor er drüben im Parkhaus des New Amsterdam ermordet wurde.«

»Quatsch. Ich beantworte keine Fragen mehr. Gehen Sie.«

Ich griff in die Brusttasche und holte den richterlichen Vorführungsbefehl heraus. »Hier«, sagte ich. »Wir setzen die Unterhaltung im FBI-Gebäude fort.«

Di Marco sah das Papier nicht an. »Bin ich verhaftet?« Dann sage ich erst recht nichts mehr.«

»Vorläufig festgenommen, bis die Vorwürfe gegen Sie geklärt sind. Also?«

»Sehen Sie, es macht mir fast gar nichts aus, mit Ihnen zu kommen. Spätestens nach vierundzwanzig Stunden müssen Sie mich freilassen.«

Da hatte er zweifellos recht.

»Ohne Anwalt brauche ich nicht auszusagen, das wissen Sie besser als ich. Ich brauche überhaupt nicht auszusagen. Was versuchen Sie hier für Tricks? Ich hatte Ärger mit der Polizei, verdammten Ärger. Jetzt will ich meine Ruhe haben.«

«Es liegt an Ihnen. Beantworten Sie mir hier ein paar Fragen?«

»Entweder ein paar Fragen beantworten oder vierundzwanzig Stunden schmoren. Ist das die Alternative?« Ich antwortete nicht. Er hatte auch so begriffen. »Erpressung«, fauchte Di Marco. Er lutschte an der Zigarre herum, stieß dicke Rauchwolken aus und schien zu überlegen. »Fragen Sie!« stieß er grollend hervor. »Und dann machen Sie, daß Sie wegkommen.«

»Hat Jaffe für Sie gearbeitet?«

»Nein.«

»Hat Rhodes für Sie gearbeitet?«

»Nein.«

»Okay«, sagte ich zufrieden. »Wir werden das Gegenteil beweisen. Dann sind Sie dran wegen Anstiftung zum Mord. Das wär's.« Ich wandte mich zum Gehen. Kurz vor der Tür blieb ich stehen und wandte mich noch einmal um. »Ach, Sie haben vielleicht die Mittagszeitung noch nicht gelesen?« Er hatte wahrscheinlich nicht, sein Schlaf war ihm vermutlich wichtiger. »Ich brauche Sie nicht mehr.«

Ich warf die gebündelte Zeitung quer durch den ganzen Raum mitten auf Di Marcos Schreibtisch. Das Blatt entfaltete sich und enthüllte die Schlagzeile auf der ersten Seite. Blüten in Manhattan hieß sie sinnigerweise, der Redakteur war vielleicht ein Romantiker.

»Es steht etwas sehr Interessantes drin. Falschgeld kursiert. Sehr gutes sogar. Also, lassen Sie sich nichts andrehen!«

Ich sah noch, wie Di Marcos Faust zu der Zeitung hinzuckte, und wie er es fertigbrachte, die impulsive Bewegung zu stoppen und Gleichgültigkeit zu mimen. Aus leicht hervorquellenden Augen sah er mir nach, als ich sein Büro endgültig verließ.

Ich war zufrieden. Wenn ich mit meinen Theorien nicht völlig danebenlag, mußte ich dem Gangsterführer einen schönen Brocken zum Kauen vorgeworfen haben. Er würde seine Partner aufscheuchen und ihnen die Hölle heiß machen, falls er das Geschäft noch nicht abgewickelt hatte.

Ich konnte nicht wissen, daß Di Marco in diesem Augenblick seinen Partner am liebsten eigenhändig erschossen hätte, jedoch nicht den Schimmer einer Ahnung hatte, wo er ihn suchen konnte.

In der Halle unten interviewte ich noch einmal den Portier. »FBI!« Ich gestattete ihm einen kurzen Blick auf meinen Ausweis. »Hat die Tiefgarage mehrere Ausfahrten?« fragte ich ihn.

»Nein. Sir. Nur die eine zur 42. Straße hin.« Ich bedanke mich und traf auf die Straße hinaus.

Ich überquerte die Fahrbahn, wobei ich sicher war, daß ich von oben beobachtet wurde. Von der Höhe des 28. Stocks mußte ich winzig wie eine Ameise erscheinen. Ich hoffte, daß Gramza oder wer auch immer auf mich herabsehen mochte, mich erkennen würde.

Ich schloß meinen Jaguar auf und setzte mich hinter das Lenkrad. Dann schaltete ich das Sprechfunkgerät ein und rief Phil, der an der Parkuhr auf der gegenüberliegenden Seite wartete.

»Paß schön auf, Alter», sagte ich. »Ich weiß zwar nicht, wann es losgeht, aber von dir hängt einiges ab.«

»Wird schon schiefgehen«, meinte mein Freund lachend und schaltete sein Gerät ab. Auch ich hakte das Mikro zurück in die Halterung und schnippte eine Zigarette aus der Schachtel. Das Warten konnte beginnen.

Ich hatte auf die unbewegte Oberfläche eines Sees geschlagen, ohne zu wissen, was darunter vorging und wohin die Spritzer fallen würden. In Gedanken hatten wir einige Möglichkeiten durchgespielt, doch niemand konnte voraussagen, welche eintreffen würden. Ich lehnte mich bequem in meinem Sitz zurück, so daß ich den Eingang und die Fahrzeugausfahrt des Waterman Buildings im Auge hatte. Sie können kommen, dachte ich munter, ich war auf alles gefaßt.

In Hammonds Ohren dröhnte es, während der Schmerz wie mit glühenden Eisenstangen in seinem Unterleib wühlte. Das Bewußtsein setzte wieder ein. Nicht schlagartig, sondern ganz langsam, stückchenweise. Hammond spürte instinktiv, daß er nicht lange knockout gewesen war. Also konnte es nicht so schlimm gewesen sein, dachte er, und schlug probeweise die Augen auf.

Was er sah, veranlaßte ihn, sie sofort wieder zu schließen. Er hatte die Gesichter der beiden Franzosen gesehen. Sie standen über ihm und starrten gleichmütig auf ihn nieder. Jemand packte ihn unter den Schultern und riß ihn hoch.

»Stell dich nicht so an«, sagte die verhaßte Stimme des älteren. Hammond fühlte etwas Hartes im Rücken und drückte sich dagegen. Die Fäuste ließen loß. Hammond blieb stehen. Wieder schlug er die Augen auf, drehte langsam den Kopf. Sie hatten ihn tiefer in den Park gezerrt und gegen einen Baumstamm gelehnt. Dichte Büsche schirmten die Stelle gegen jeden ab, der über die Parkwege spazierte.

Ein neuer Schwächeanfall ließ Hammonds Kopf kraftlos hin und her pendeln. Hammond atmete bewußt tief durch, obwohl die Rippen schmerzten.

Monnier trat dicht an ihn heran, faßte sein Kinn und hielt den Kopf fest. »Du kommst von Di Marco?«

Hammond stieß ein krächzenden Laut aus, den der andere als Bestätigung auszulegen schien. Er hätte in diesem Augenblick allerdings alles bestätigt, was irgend jemand von ihm hören wollte.

Monnier ließ Hammonds Kopf los und trat zur Seite. Hammond riß sich zusammen und stand kerzengerade da.

Monnier, der immer noch die Pistole in den zarten Fingern hielt, sagte: »Die Prügel eben waren für dich allein. Was wir jetzt mit dir machen, gilt Di Marco. Er soll sehen, was mit ihm passiert, wenn er uns hereinlegen will.« Monnier gab Marcel einen Wink.

Der junge Franzose baute sich vor Hammond auf und begann, ganz systematisch Hammonds Gesicht zu zerschlagen. Mit einer matten Bewegung konnte Hammond den ersten Schlag sogar noch abwehren, doch schon der zweite landete an seiner Schläfe, der nächste traf die Nase, und dann ging es pausenlos weiter. Nase, Mund, Hals. Die Schläge waren so dosiert, daß Hammond ziemlich lange bei Bewußtsein blieb. Er fühlte seine Nase und seine Lippen noch sekundenlang, die ihm wie Minuten und Stunden erschienen, spürte, wie die Haut platzte und sich darunter zu einer formlosen Masse verformte. Einer der oberen Schneidezähne lokkerte sich. Hammond tastete mit der Zunge danach, konzentrierte sich auf diesen Zahn und vergaß darüber absurderweise die anderen Schläge.

Hammond sah nichts mehr, und er wußte nicht, daß er immer noch stand. Seine Zunge drückte gegen den wackelnden Zahn. Wieder traf die harte Faust seinen Mund, der lockere Zahn lag plötzlich auf Hammonds Zunge, und erst jetzt glitt er langsam zu Boden, wobei sein Rücken über die rauhe Rinde des Eichenstammes schabte und das Hemd zerfetzte.

Im Unterbewußtsein registrierte Hammond, daß die Schläge aufgehört hatten. Er wollte sich in die Bewußtlosigkeit fallen lassen, um die wiederkehrenden Schmerzen nicht zu spüren. Aber ein Gedanke hielt ihn wach, ließ ihn gegen die aufkommende Ohnmacht ankämpfen. Hammond vermochte den Gedanken nicht zu packen, aber er wußte, daß er wichtig war, sehr wichtig.

Hammond hörte sich keuchen. Er öffnete die geschwollenen Lippen. Die Luft strich warm über seine Zunge, die sich pelzig und trocken anfühlte, und er atmete jetzt in vorsichtigen, flachen Zügen.

Dann versuchte er, die Augen zu öffnen. Das linke war zugeschwollen, und das rechte ließ sich nur einen winzigen Spaltbreit anheben. Hammond stellte fest, daß er im Schatten lag. Wo waren die verdammten Banditen, dachte er. Mühsam wandte er den Kopf. Kein Mensch war in der Nähe. Und dann fiel ihm Claudia ein, und plötzlich wußte er, welcher Gedanke ihn geplagt hatte. Claudia! Wie lange war er jetzt unterwegs? Zehn Minuten? Eine halbe Stunde? Die Angst um das Mädchen überfiel ihn und betäubte seine Schmerzen.

Wo war Claudia? War sie auf der Yacht geblieben oder suchte sie jetzt nach ihm und lief vielleicht den Franzosen über den Weg?

Hammond spuckte den ausgeschlagenen Zahn aus, wälzte sich mühsam herum. Die Anstrengung, dieser kleinen Bewegung brachte sein Herz zum Hämmern, und der ausbrechende Schweiß floß beißend in die offenen Wunden in seinem Gesicht. Hammond stützte seinen Oberkörper mit beiden Armen und zog unendlich langsam ein Bein an. Er wartete, bis sich der jagende Puls etwas beruhigt hatte, bevor er das andere Bein unter seinen Körper zog und sich behutsam hochstemmte. Seine Hände tasteten sich an dem Baumstamm entlang. Hammond drückte die Knie durch und stand auf.

Vor seinen Augen tanzten rote Kreise, das Grün der Blätter verschwamm, und eine dunkle Wolke schien sich über sein Gehirn zu legen. Hammond ließ seinen Oberkörper gegen den Stamm fallen, die Finger krallten sich in die Rinde. Einen quälend langen Augenblick glaubte er, doch noch die Besinnung zu verlieren.

Das Rumoren in seinem Kopf beruhigte sich. Hammond stützte sich an dem Baum ab, stand schwankend da und drehte sich dann unbeholfen um. Wohin mußte er gehen? Er ließ seine Augen herumrollen, bis er die hohe Fahrbahn des Highway in der Nähe erkannte. Mit stampfenden Schritten bewegte er sich dorthin, wo er den Yachthafen vermutete.

Claudia! Nur dieser eine Gedanke hämmerte in Hammonds Kopf. Er schwankte vorwärts, stolperte über einen Ast, hielt sich mühsam auf den Beinen. Der Weg erschien ihm wie das sinnlose Laufen in einem Traum, wenn das Ziel vor einem zurückweicht. Doch der große Mann gab nicht auf. Er erreichte die Zufahrt, ging mit stelzenden Schritten über den Parkplatz. Ein Wagen fuhr gerade ab, Hammond schnitt dessen Weg, der Fahrer bremste hart, fluchte, sah dann das zerschlagene Gesicht und kurbelte die Scheibe herab.

»Hallo!« rief er. »Kann ich Ihnen helfen?«

Hammond reagierte nicht. Der Mann in dem Wagen warf seiner Begleiterin einen ratlosen Blick zu. Sie zuckte die Achseln. Der Mann gab Gas und machte sich hastig davon.

Hammond schritt durch die Sonne. Die Wärme schien seinen Körper mit frischer Energie zu versorgen. Irgendwie erreichte er den Steg, an dem die Barracuda lag, erkannte das Boot, trat an die Kante und ließ sich einfach an Bord fallen. Er hörte einen leisen Schrei und spürte dann die leichte Berührung zarter Hände an seinem Körper.

»Claudia!« flüsterte er. Er verstand dieses eine Wort selbst nicht, das zwischen seinen zerschundenen Lippen hervorbrach, und wiederholte es deshalb immer wieder. »Claudia! Claudia! Claudia . . .«

Die Hände glitten über sein Gesicht, kühle Finger legten sich auf seine Lippen und verschlossen sie.

»David!« Claudias Stimme klang erstickt. Hammond hatte die Augen geschlossen. Sein Gehirn erkannte die Stimme, und jetzt setzte die Reaktion auf die durchgestandene Strapaze ein. Hammond verlor endgültig das Bewußtsein.

Monnier war wütender, als er sich eingestehen wollte, und er war beunruhigt. Wie hatte Di Marco es nur geschafft, ihn aufzustöbern? Monnier erwog, seine Pläne zu ändern. Wenn Di Marco wußte, daß er, Monnier, eine Motoryacht zur Verfügung hatte, konnte der Gangsterboß seine eigenen Pläne darauf abstellen. Und Monnier zweifelte nicht daran, daß Di Marco versuchen würde, alles Geld an sich zu reißen. Das echte und das falsche.

Monnier hatte es eilig, auf das Gelände des Yachthafens zurückzukommen. Die ZETA mußte von jetzt an pausenlos bewacht werden. Als Monnier und Marcel an der Telefonzelle am Clubhaus vorbeikamen, beschloß Monnier, Di Marco noch einmal anzurufen und ihm eine letzte Warnung zukommen zu lassen. Er schickte Marcel voraus und betrat die Kabine.

»Gut, daß Sie anrufen«, sagte Tony Gramza, »Mr. Di Marco muß Sie unbedingt sprechen!«

Zwei Sekunden später drang Di Marcos aufgebrachte Stimme an Monniers Ohr. »Sie verdammter Betrüger!« schrie Di Marco. »Alleinvertrieb, he? Wenn ich es noch könnte, würde ich aus dem ganzen verdammten Geschäft wieder aussteigen!«

Monnier unterbrach den Redestrom mit einer einfachen Frage: »Wieso?«

»Wieso?« Di Marco heulte fast vor Empörung, und er vergaß seine übliche Vorsicht fast völlig. »Haben Sie die Zeitungen gelesen? Ihre feinen . . . feinen . . .« Di Marco suchte nach einem Wort, den Ausdruck Blüten wollte er am Telefon doch nicht gebrauchen, »Erzeugnisse schwirren schon in ganz Manhattan rum!«

Monnier biß sich auf die Lippen. Nun war das eingetreten, was er unbedingt hatte vermeiden wollen – zu frühes Aufsehen. »Mir ist ein Bündel abhanden gekommen«, erläuterte er, »ein einziges.« Monnier untertrieb, aber er konnte sich ausrechnen, daß Bradbeers Tochter noch nicht allzu viele Blüten unters Volk gebracht haben konnte. »Wenn Ihre Leute zuverlässiger arbeiten würden, wäre das nicht passiert«, schloß Monnier, froh darüber, den Schwarzen Peter Di Marco zuschieben zu können. Jetzt fragte Di Marco: »Wieso?«

»Denken Sie an das Mädchen! Ich hatte Sie doch um einen Gefallen gebeten!«

»Was?« schrie Di Marco. »Die hat ...« Dem Gangsterboß versagte die Stimme.

»Sie hat ein Bündel. Das ist nicht viel. Sie schien bei der Verteilung recht leichtsinnig vorgegangen zu sein. Sie brauchen sich keine Sorgen zu machen ...« Monnier wollte sich nicht in die Defensive drängen lassen und ging deshalb zum Angriff über. »Wollen Sie also aussteigen?« fragte er lauernd.

»Ich möchte ...«

»Dann sind unsere Vereinbarungen wegen heute abend also hinfällig? Wie Sie wollen. Au revoir, Monsieur. Tut mir leid ...«

»Warten Sie!« brüllte Di Marco. Monnier lächelte leicht und gab keinen Ton von sich. »Warten Sie doch!« Di Marcos Stimme drohte überzuschnappen. »He! Sind Sie noch da?«

»Ja«, antwortete Monnier.

»Es bleibt bei heute abend«, sagte der Gangsterboß aufatmend.

»Wir sollten einen anderen Treff vereinbaren«, meinte Monnier, der an Hammond dachte. Er wartete auf Di Marcos Reaktion.

»Warum?« erkundigte sich der Gangsterboß, seine Stimme verriet nichts.

»Fragen Sie Ihren Mann, wenn er noch reden kann. Er muß bald bei Ihnen aufkreuzen ...«

»Steve?«

»Nicht der Mann, den Sie Steve nennen, den haben wir immer noch sicher ...«

»Wen meinen Sie denn, zum Teufel?« Di Marcos Erstaunen klang echt.

Monnier wollte schon erklären, daß er Hammond, dessen Namen er natürlich nicht kannte, bei seiner Yacht erwischt und anschließend zusammengeschlagen hatte, doch irgend etwas hielt ihn zurück. Deshalb beschränkte er sich darauf, den Mann zu beschreiben.

»Der Kerl gehört nicht zu meinen Leuten, Sie müssen mir glauben«, versicherte Di Marco eindringlich.

Monnier schwieg und dachte nach. Wer war der Mann? Wer wußte außer ihm und Marcel von der ZETA? Bradbeers Tochter! Hatte das Girl die Gorillas ihres Vaters auf ihn angesetzt? Monnier spürte, wie ihm plötzlich der Schweiß ausbrach, und er erkannte, daß er einen Fehler begangen hatte – er hätte den Mann umlegen lassen sollen! Abrupt unterbrach Monnier das Gespräch mit Di Marco.

»Bis nachher«, sagte er. »Seien Sie pünktlich.« Er hängte den Hörer ab, verließ die Zelle und rannte auf die ZETA zu. Er bemerkte den Mann nicht, der in diesem Augenblick das Hafengelände betrat und mit hölzernen Schritten auf die Anlegestege im südlichen Teil des Hafens zustakte. Monnier fühlte sich nicht mehr sicher. Einen Augenblick lang erwog er den Gedanken, Hammond zu suchen. Doch er konnte es von jetzt an nicht mehr riskieren, die ZETA allein zu lassen.

Monnier fieberte dem endgültigen Abschluß des Geschäftes entgegen. Drei Millionen Dollar kassieren und dann zurück nach Frankreich, die Früchte jahrelanger Vorbereitungen verzehren ...

Claudia beugte sich über den Bewußtlosen. Entsetzt sah sie die Spuren grausamer Schläge in seinem Gesicht. Sie blickte sich hastig um, bemerkte nichts

Verdächtiges. Sie unterdrückte das Schluchzen, das in ihr aufsteigen wollte. Zunächst mußte sie den Mann unter Deck schaffen.

Sie schlang ihre Arme unter Hammonds Achseln und zerrte den schweren Körper in die geräumige Kabine. Dort ließ sie ihn sanft zu Boden gleiten. Claudia dachte an die Männer, die ihn so zugerichtet hatten – ihr war klar, daß es mehrere gewesen sein mußten –, und suchte Hammonds Pistole. Sie fand die schwere Waffe unter dem Polster des Steuermann-Sitzes im Cockpit. Claudia sprang wieder in die Kabine und verriegelte die Tür hinter sich. Die Pistole legte sie neben den bewußtlosen Hammond.

Hammond begann zu stöhnen, schrie auf und hob die Fäuste. Claudia riß die Bordapotheke von ihrem Platz an der Wand, öffnete den Kasten und sortierte mit fliegenden Fingern alles aus, was sie zu brauchen glaubte. Hammonds Stöhnen begann an ihren Nerven zu zerren.

Claudia reinigte die aufgeplatzten Wunden in Hammonds Gesicht, pinselte sie mit Jod ein, bis das ganze geschwollene Gesicht braun und fleckig war. Dann legte sie kühlende Kompressen auf die Schwellungen der Wangen, der Lippen und der Augenlider. Ihre Gedanken kreisten um den Mann am Boden. Sie mußte einen Arzt holen, aber sie wollte es nicht riskieren, Hammond allein zu lassen.

Als sie mit dem Gesicht fertig war, zog sie vorsichtig das Hemd hoch und inspizierte Hammonds Oberkörper. An verschiedenen Stellen auf den Rippen bildeten sich rote Flecken, die später in schweren Blutergüsse übergehen würden. Claudia versuchte sich an alles zu erinnern, was sie einmal über Erste Hilfe gehört und gelesen hatte. Behutsam tastete sie die Rippen ab. Sie war ziemlich sicher, daß keine gebrochen war.

Claudia stand auf und stellte ohne Überraschung fest, daß ihre Beine zitterten. Langsam suchte sie ihre Kleider zusammen, schlüpfte in die Jeans und zog eine Bluse über ihren Kopf. Dann setzte sie sich auf die Bank und zündete sich eine Zigarette an.

Hammond lag jetzt ruhig da, sein Gesicht war unter den feuchten Kompressen fast ganz verdeckt. Claudia starrte auf den Mann herab und versuchte, zu einer Entscheidung zu kommen. Die Zeit verstrich quälend langsam. Nach unendlich langer Zeit bewegte Hammond die Lippen. Erstaunt stellte Claudia fest, daß erst Minuten vergangen waren, denn sie hatte ihre Zigarette noch nicht halb aufgeraucht.

Claudia lauschte den Worten, die Hammonds Mund mühsam formte.

»Wo bin ich?« fragte er.

Claudia kniete neben ihm nieder und legte ihre Hand auf Hammonds nackte Brust. »Auf dem Boot«, sagte sie. »Du bist in Sicherheit.«

Hammond hob eine Hand, suchte Claudias Arm, dann schlossen sich seine Finger um Claudias Hand. »Diese Schweine«, flüsterte er. »Diese verdammten Schweine . . .«

Claudia streichelte ihn beruhigend. »Du mußt zum Arzt«, sagte sie hilflos, denn sie wußte nicht, wie sie einen benachrichtigen konnte, ohne Hammond allein zu lassen.

»Nicht!« stieß Hammond hervor. »Kein Arzt, keine Polizei . . .«

»Sei ruhig, David, bitte . . .«

Hammonds Finger packten hart zu. »Keine Polizei! Ich will diese Schweine erwischen . . .« Er riß sich die Kompresse von der Stirn und öffnete ein Auge. »Sind sie noch da?« fragte er.

»Ich weiß es nicht.«

»Sieh nach!«

Claudia konnte dem fordernden Blick aus dem einen, hellen Auge nicht widerstehen. Sie stand auf, entriegelte die Tür, öffnete sie vorsichtig und trat an Deck. Als sie sich überzeugt hatte, daß in der näheren Umgebung keine Gefahr drohte, kletterte sie auf den Steg und lief auf die Kaimauer zu, bis sie die Yachten auf der anderen Seite des Hafens erkennen konnte. Dann lief sie zurück. »Sie sind noch da«, berichtete sie.

Hammond schnaufte. Er wälzte sich auf die Seite, wobei er die Zähne zusammenpreßte, um nicht vor Schmerzen zu schreien. »Trinken, Zigarette«, stieß er hervor. Claudia öffnete eine Dose Orangensaft, schenkte ein Glas voll und hielt es ihm an die Lippen. Dann zündete sie ihm eine Zigarette an.

Hammond nahm einen vorsichtigen Zug, hustete und probierte ein Grinsen. »Mich hat's ganz schön erwischt, wie?« Claudia nickte nur. »Was gebrochen?« erkundigte sich Hammond. Claudia schüttelte den Kopf. »Fein.« Hammond rauchte bedächtig, trank hin und wieder einen Schluck und spürte, wie seine Lebensgeister zurückkehrten.

Das Mädchen feuchtete die Kompressen erneut an und drückte sie auf Hammonds Gesicht. Hammond berichtete mit abgehackten Worten, was ihm zugestoßen war.

»Wir müssen zur Polizei!« rief Claudia. »Du hast doch die Beweise!«

Hammond schüttelte störrisch den Kopf. »Ich mache sie fertig!« keuchte er. »So etwas hat mit mir noch nie jemand getan, nie! Ich weiß, wie ich diese Verbrecher treffen kann!« Er preßte die geschwollenen Lippen zusammen, öffnete sie wieder und sagte haßerfüllt: »Die mache ich fertig!« Claudia schauderte. Die Worte klangen wie ein Schwur.

Ich war auf nahezu alles gefaßt gewesen, als ich meinen Posten vor dem Waterman Building bezog, nur auf eins nicht – auf eine endlos scheinende Wartezeit in meinem Wagen, während die Sonne auf das Dach knallte und das enge Gehäuse in einen Backofen verwandelte. Dies war eine der seltenen Gelegenheiten, für die ich mir einen dieser Straßenkreuzer aus heimischer Produktion mit Klimaanlage gewünscht hätte.

Ich versuchte mir einzureden, daß es gar nicht darauf ankam, wo ich wartete, hier oder im Büro, denn in meinem Fall rührte sich überhaupt nichts. Ich stand in ständiger Funkverbindung mit der Zentrale und Phil, der immer noch gegenüber in seinem Dienstwagen saß – er genoß jedoch den Luxus einer Klimaanlage.

So erfuhr ich im Laufe des Nachmittags, daß Claudia so gut wie keine Freunde in Bayonne hatte. Sie lebte seit drei Jahren in New Haven, wo sie das College der Yale-Universität besuchte, und war nur durch Zufall in die Ereignisse geraten, die zum Tode ihres Vaters geführt hatten. Damit schied praktisch die Möglichkeit aus, daß es sich bei Claudias Begleiter um einen Gangster aus Bradbeers Mannschaft handelte. Der Chef hatte in der Zwischenzeit veranlaßt, daß alle Freunde und Bekannte Claudias aus Yale überprüft wurden. Es konnte immerhin sein, daß das Girl ihren Boy Friend telefonisch zu Hilfe gerufen hatte.

Bradbeers ehemalige Leute schienen untergetaucht zu sein. Lieutenant Powell aus Bayonne war es gelungen, die Namen der meisten festzustellen, und zusammen mit der Sonderkommission des FBI versuchte er, ihre Spur aufzunehmen. Diese Männer würden sich mit Sicherheit demjenigen anschließen, der die Westseite des Hudson übernehmen würde.

Alles lief, war in Fluß. Doch in meinem Fall, der überraschend auch zu einem Falschgeldfall geworden war, geschah nichts. Ich hatte jetzt jedoch zu viel Zeit investiert, um noch aufzugeben. Zwischendurch war ich ein paar Mal ausgestiegen, hatte mir die Beine vertreten und in einer kleinen Snackbar hin und wieder eine Coke getrunken. Phil und ich verließen unsere Wagen nie gleichzeitig, uns konnte also niemand durch die Maschen schlüpfen.

Ich stieg wieder aus, als es schon dunkel geworden war. Jetzt strahlten die Betonmauern die Hitze des Tages zurück, und von den Häusern sprühte es wie feiner Regen herab, ein Nebeneffekt der Klimageräte, die in den Fenstern zu Tausenden installiert sind.

Ich holte mir zwei Hamburger in der Snackbar und ging zu meinem Jaguar zurück. Als ich einstieg, entdeckte ich den Wagen, der auf der hellerleuchteten Rampe zur Tiefgarage des Waterman Buildings stand. Es war ein schwarzer Ford. Ich warf mich hinter das Lenkrad und schaltete das Funkgerät ein.

»Phil!« rief ich. »Sieh mal nach!«

»Okay«, bestätigte mein Freund. Ich beobachtete meinen Freund, der seinen Chevrolet verließ und an dem wartenden Wagen vorbeischlenderte. Ich konnte von hieraus natürlich den Fahrer nicht erkennen, das war jeweils Phils Aufgabe. Wenn meine Theorie jedoch stimmte und Di Marcos Leute versuchen würden, mich von hier wegzulocken, mußte sich einer von ihnen zu erkennen geben.

Richtig! Ein Mann verließ das Gebäude durch den Hauptausgang, blieb unter dem Baldachin vor dem Ausgang stehen und zündete sich eine Zigarette an. Ich erkannte Kelly Gombell sofort nach den Fotos, die ich vorher studiert hatte. Gombell war eindeutig einer von Di Marcos Männern, er war zusammen mit seinem Boß vor einigen Wochen verhaftet und später wieder auf freien Fuß gesetzt worden.

Gombell ging auf den Ford zu, die Tür auf der Beifahrerseite wurde von innen aufgestoßen, und der Gangster setzte sich in den Wagen. Die Scheinwerfer flammten auf, der Wagen fädelte sich in den trägen Verkehrsstrom und rollte dann langsam nach Westen. Phil nickte mir zu und ging rasch zu seinem Chevy zurück.

Ich startete meinen Jaguar, suchte nach einer Lücke im Fahrzeugstrom, wendete dann und hängte mich in einiger Entfernung hinter den Ford. Der schwarze Wagen wechselte schon bald die Richtung und bog nach Süden in die Elfte Avenue ein. Die breite Straße war frei, und der Fahrer des Ford drehte auf.

Das Funkgerät unter dem Armaturenbrett blieb auf Empfang geschaltet, doch Phil gab keine Meldung. Ich wollte das Spiel so lange wie möglich mitmachen, schloß deshalb etwas auf. Die Nadel meines Tachos zitterte um die Fünfzig-Meilen-Marke. Wollten die Gangster das Risiko eingehen, von einer Streife gestoppt zu werden? Der Ford hielt diese Geschwindigkeit über acht Querstraßen hinweg, an deren Ampel er jedesmal Grün erwischte. Ich grinste vor mich hin. Die Gangster wollten mich offenbar rasch aus der Gegend entfernen.

Unvermittelt nahm der Wagen vor mir das Tempo zurück und wechselte in die rechte Spur. Ich blieb auf der mittleren, wobei ich vermied, näher aufzuschließen. Als wir die 29. Straße überquerten, drang Phils Stimme aus dem Lautsprecher. Zu früh für mein Gefühl.

»Ein zweiter Wagen von Di Marco rückt ab«, sagte er. »Den Fahrer kenne ich nicht. Nur den Wagen, er ist auf Di Marco zugelassen, ich habe die Zulassungsnummer auf meiner Liste.«

»Häng dich dran«, sagte ich ins Mikrofon. Ich bremste den Jaguar ab, blinkte rechts, um in die nächste Querstraße einzubiegen.

Mein Instinkt warnte mich, die Fährte aufzugeben. Ich fuhr an den Straßenrand, stoppte und schaltete die Scheinwerfer aus; den Motor ließ ich laufen. Phil verfolgte jetzt den zweiten Wagen der Gangster, und Bardette, der Revierdetective, stand in Reserve. Was konnte also passieren?

Meine Augen hingen an den Rücklichtern des Ford. Der Wagen hielt kurz an einer roten Ampel, und als das Licht umsprang, schoß die Limousine davon. Ich sah noch, wie der Gangsterwagen nach rechts in die Einfahrt zum West Side Highway abbog und die Auffahrt hinaufzog.

Der Wagen fuhr schnell, dabei mußten die beiden bemerkt haben, daß ich nicht mehr hinter ihnen war. Ich trommelte nervös mit den Fingern auf meinem Lenkrad herum und wartete auf eine Eingebung. Kostbare Sekunden vergingen, doch mein unruhiges Gefühl wich nicht. Plötzlich kam mir mein Auftritt bei Di Marco idiotisch vor. Was war, wenn ich Di Marco unterschätzt und der Gangsterboß meine Absicht durchschaut hatte? Wenn das der Fall war, fuhr Kelly Gombell jetzt unbehelligt durch Manhattan, und der zweite Wagen lockte Phil in die Wüste.

Kurz entschlossen nahm ich die Richtung wieder auf. Der Ford hatte die Auffahrt zur rechten Seite des Highway eingeschlagen, die nur eine Richtung zuließ – Norden. Ich drehte auf, jagte mit kreischenden Reifen durch die geschwungene Auffahrt. Der Gangsterwagen mochte jetzt zwei Meilen Vorsprung haben, bis zur nächsten Ausfahrt mußte ich wieder dran sein. Der Verkehr stadtauswärts war mäßig. Ich blieb auf der rechten Spur, überholte zwei Wagen, scherte sofort wieder nach rechts rüber. Die hohen Bogenlampen tauchten die Betonfahrbahn in schattenloses, blendfreies Licht. Ich trieb meinen Jaguar auf neunzig hoch, bis ich das breite schwarze Heck des Ford etwa eine halbe Meile vor mir entdeckte. Der Wagen hielt sich jetzt offenbar peinlich genau an die vorgeschriebene Geschwindigkeit von sechzig Meilen. Ich nahm das Gas zurück und blieb hinter dem hohen Aufbau eines Lasters.

Ich nahm das Mikrofon ab und rief Phil. »Wie ist die Lage?« erkundigte ich mich.

»42. Straße, wir rollen auf den Queens Midtown-Tunnel zu.«

»Wieviel Insassen hat der Wagen vor dir?«

»Einen. Warum?«

»Ich habe ein komisches Gefühl . . . ich bleibe noch eine Weile an dem Ford und Kelly Gombell daran . . .«

»Cotton!« rief eine Stimme, das mußte Bardette sein. »Tony Gramza und drei weitere Männer verlassen das Waterman Building in einem Buick . . .«

»Verfolgen! Geben Sie mir die Richtung . . .«

»West . . . ich muß wenden . . .« Nach einer halben Minute meldete sich der Detective erneut. »Der Buick kreuzt die Ninth Avenue, Richtung weiter Westen, Tenth . . . er fährt bei Gelb rüber, ich habe Rot . . . verdammt, soll ich's riskieren?«

»Nein!« rief ich. »Auf keinen Fall! Er darf keinen Verdacht schöpfen! Wenn ich richtig liege, fährt Gramza zum West Side Highway, Richtung Norden. Kommen Sie nach. Ende.« Dann rief ich meinen Fraund, doch Phil meldete sich nicht. Vermutlich befand er sich gerade im Tunnel.

Ich scherte ein Stück hinter dem Laster aus. Die Entfernung zu Gombells Ford hatte sich nicht verringert. Zufrieden ging ich wieder in Deckung. Am städtischen Frachthof blinkte der Truck rechts und verließ den Highway. Ich ließ mich noch weiter zurückfallen.

Riverside Park, links und rechts Finsternis, nur am

Ufer des Hudson die Lichterkette des Yachthafens. Weiter ging die Fahrt. Ich versuchte auszurechnen, wie weit Gramza hinter mir liegen mochte. Eine Meile, mehr bestimmt nicht. Ich begann zu schwitzen. Wenn Gramza zu Gombell aufschließen wollte, mußte er mich bald überholen, und dann war mein Trick geplatzt.

Ich angelte nach dem Mikro und rief Bardette. »Wo sind Sie?«

»Highway-Höhe Pier 88«, meldete der Detective.

»Drehen Sie mal auf, bis Sie den Buick haben, und geben dann Standortmeldung.«

»Okay.«

Ich näherte mich dem Ende des Riverside Parks und konnte schon den Zug der George Washington-Brücke über den Hudson erkennen. Der Verkehr nahm zu. Ich beschleunigte, um den Ford nicht zu verlieren, falls Gombell in die Uptown oder nach New Jersey wechseln wollte. Doch der Ford blieb auf der mittleren Spur.

»Ich habe den Buick«, meldete Bardette, «er passiert gerade den Frachthof.«

»Geschwindigkeit?«

»Siebzig Meilen.«

Gramza war also knapp vier Meilen hinter mir. Ich warf einen Blick auf meinen Tacho, der jetzt auch siebzig Meilen anzeigte. Es war kurz nach halb zehn. Ich war nun sicher, daß Gombell und Gramza zu einem bestimmten Treffpunkt fuhren.

»He!« meldete sich Phil plötzlich. »Was ist da eigentlich los? Ich glaube, ich bin auf der falschen Hochzeit!«

»Das glaube ich auch. Standort?«

»Long Island Expressway. Wir bummeln ganz gemütlich daher . . .«

»Umkehren«, sagte ich. »Nimm den East Side Highway zur Bronx. Vielleicht schaffst du es noch . . .«

Ich fuhr unter der George Washington Bridge her, die

rechte Fahrbahn des Highway wich vom Hudsonufer zurück. Immer noch befanden sich Parkanlagen unter der Straße – Fort Washington Park, Fort Tyron Park, Inwood Hill Park. Dann kam die Highway-Brücke über den Harlem River.

An der 225. Straße, im Ortsteil Spuyten Duyvil, verließ der Ford den Highway. Ich schloß näher auf, sah gerade noch, wie er rechts abbog und neben der Eisenbahnlinie her nach Osten fuhr. An der Kreuzung zur Zehnten Avenue erwischte er Grün. Ich wollte schon aufdrehen, um auch noch rüberzukommen, doch dann, an der Marble Hill Station, flammten plötzlich die Bremslichter auf, und der Ford fuhr rechts ran.

Ich bremste ebenfalls und suchte nach einem Platz für meinen Jaguar. Ich entdeckte die Einfahrt zu einem Hof zwischen zwei Wohnhäusern, steuerte meinen Wagen hinein und schaltete die Scheinwerfer aus. Innerhalb der nächsten drei Minuten mußten Gramza und seine Leute vorbeikommen. Ich griff zum Handmikrofon.

»Cotton für Bardette«, sagte ich. »Wo sind Sie?«

»Fort Tyron Park.«

»Der Buick wird den Highway an der 225. Straße verlassen und nach Osten abbiegen. Etwa zweihundert Yard vor der Zehnten Avenue, einige Schritte hinter einer Telefonzelle, warte ich auf Sie. Halten Sie kurz an.«

»Okay.«

Bevor ich meinen Jaguar verließ, gab ich noch eine genaue Standortmeldung an die Zentrale und bat darum, das nächste Polizeirevier in Alarmbereitschaft zu versetzen. Phil hatte Manhattan gerade wieder erreicht. Mit ihm konnte ich während der nächsten zwanzig Minuten nicht rechnen.

Ich baute mich am Straßenrand im Schatten einiger

parkender Wagen auf. Schon nach wenigen Sekunden näherten sich Scheinwerfer. Ich erkannte die niedrige Form eines Buick. Der Wagen rollte langsam vorbei. Dann kam Bardette, er stoppte, ich riß die Tür auf und ließ mich auf den Beifahrersitz fallen.

Bardette war ein junger Mann, vielleicht Mitte Zwanzig, mit länglichem Gesicht und roten, borstigen Haaren. »Nett, Sie kennenzulernen«, meinte er vergnügt. »Wie geht's weiter?«

Ich sah, wie der Buick neben dem Ford hielt. Die Türen des Ford flogen auf, dann die Türen auf der rechten Seite des Buick. Die beiden Insassen des Ford quetschten sich vorne und hinten in den Buick, die Türen schlugen zu.

Aus der Entfernung wirkte dieses kurze Manöver irgendwie lautlos, geschmeidig, bedrohlich. Sechs Männer befanden sich jetzt in dem Buick, als der Wagen langsam anfuhr. Ich gab Bardette einen Wink, und wir rollten auf die Kreuzung zu.

Der Gangsterwagen verschwand hinter dem Bahnhofsgebäude, während wir noch an der Ampel auf Grün warteten, völlig sinnlos, weil keinerlei Querverkehr stattfand. Ich wollte Bardette gerade anweisen, bei Rot über die Kreuzung zu fahren, als der Buick an der vorderen, uns zugewandten Ecke des Stationsgebäudes wieder auftauchte und sofort in die Zehnte Avenue einbog. Unsere Ampel sprang um. Das kam genau hin. Bardette steuerte den Dienstwagen in die breite Avenue. Es war fünf Minuten vor zehn.

Wir waren kaum einhundert Yard gefahren, als der Buick vor uns schon wieder rechts ranfuhr und mitten auf der Brücke über den Harlem River stoppte.

»Vorbei!« sagte ich zu Bardette. Ich duckte mich, um von Tony Gramza nicht erkannt zu werden. Die Straße folgte dem Bogen des Flusses, und schon nach wenigen

Yard waren wir außerhalb der Sichtweite des Gangsterwagens.

Ich entdeckte einen schmalen Weg, der in der Inwood Hill Park führte. »Hier rein!« rief ich.

Bardette riß das Steuer herum und lenkte den Wagen über den immer enger werdenden Weg, bis er völlig von den tiefhängenden Ästen der Bäume verdeckt und von der Straße her nicht mehr zu sehen war.

Drei Minuten vor zehn. Wenn mich nicht alles täuschte, waren wir an einem Treffpunkt angekommen. Über Sprechfunk rief ich die Zentrale des FBI und gab meinen Standort durch.

»Das Revier soll in genau zehn Minuten mindestens zwei Streifenwagen schicken und die Brücke sperren«, ordnete ich an. Ich hoffte, daß in diesen zehn Minuten noch nicht alles vorbei sein würde, und ich hoffte, daß Gramza wirklich etwas Ungesetzliches vorhatte. Wenn nicht, würde ich Ärger bekommen.

Bardette und ich sprangen aus dem Wagen und rannten über den Weg in den Park hinein. Ich wollte die Brücke über den Harlem River von der Parkseite her erreichen, um die Ereignisse dort oben unbemerkt verfolgen zu können. Ich hatte ein fatales Gefühl bei dieser Aktion, denn ich hatte keine Ahnung, was sich dort abspielen würde . . .

Nach Einbruch der Dämmerung setzte die ZETA Positionslichter, warf die Leinen los und verließ den Yachthafen. David Hammond, der in eine Decke gehüllt, an Deck saß, stemmte sich hoch und starrte der weißen Yacht nach. Die ZETA fuhr stromaufwärts. In der klaren Luft würden ihre Lichter noch lange zu sehen sein. Hammond kletterte mühsam ins Cockpit. »Claudia!« rief er.

Das Girl sprang an Deck und rollte die Leinen ein, während Hammond die Motoren der Barracuda startete. Dann stellte sich Claudia neben Hammond. Besorgt betrachtete sie das angespannte Gesicht ihres Geliebten.

Am Nachmittag hatte es noch so ausgesehen, als ob Hammond seinen privaten Rachefeldzug aufgeben mußte. Er war plötzlich in fiebrige Schauer gefallen, hatte wild um sich geschlagen und lag dann schweißüberströmt und halb bewußtlos in seiner Koje. Claudia hatte ihn in warme Decken gepackt und stumm an seiner Seite gewartet.

Nach einiger Zeit war Hammond eingeschlafen und erst um acht Uhr wieder aufgewacht. Seine erste Frage galt der ZETA, und als er hörte, daß das Boot immer noch im Hafen lag, war er aufgestanden, hatte sich gewaschen, eine ganze Kanne Kaffee getrunken und sich dann an Deck gesetzt. Hammond fühlte sich wieder frisch und allem gewaschen. Die Wunden in seinem Gesicht und die Prellungen auf den Rippen schmerzten zwar immer noch höllisch, doch der Haß auf die Franzosen überdeckte den Schmerz.

Ohne Positionslichter zu setzen, steuerte Hammond die Barracuda aus dem Hafen. Im Schutz des hohen Ostufers glitt die Yacht nach Norden.

Hammond stellte die Windschutzscheibe hoch und genoß den frischen Wind, der über sein verschwollenes Gesicht strich.

Hammonds Blick glitt über die schwere Pistole, die neben ihm auf dem Kartentisch lag, und er dachte an die Preßluftharpune, die auf der Bank im offenen Heck bereitlag. Hammond erinnerte sich an einen Trip mit der Barracuda in die Küstengewässer um Cape Cod, als es Frank Peterson gelungen war, einen sechs Fuß langen Stechrochen zu harpunieren. Sie hatten den wild um sich schlagenden Fisch meilenweit hinter sich hergeschleppt, bevor er starb . . .

Hammonds Blicke hingen starr an den dünn schimmernden Positionslaternen der ZETA. Plötzlich verschwand das rote Backbordlicht, und nur das Grün der Steuerbordlaterne war um so deutlicher zu erkennen. Die ZETA wechselte den Kurs, und Hammond wußte, wohin die Yacht lief – in die Mündung des Harlem River. Hammonds Erregung nahm zu, die Stunde der Entscheidung rückte näher . . .

Um die gleiche Zeit steuerte Georges Monnier den grünen Mercury über stille Nebenstraßen durch die Uptown Manhattans. Er hatte Zeit. Hinter ihm lag der unförmige Plastiksack mit den falschen Dollarnoten, die er zusammen mit Marcel zum Wagen transportiert hatte, bevor Marcel die Yacht zum Treffpunkt bei der Brücke über den Harlem River brachte. Sie waren früh losgefahren, um die ZETA schon dort zu haben, bevor Di Marcos Leute die Gegend unter Kontrolle bringen konnten.

Monnier hielt an einer Snackbar, verschloß sorgfältig den Wagen und nahm einen Imbiß. Den Rest der Zeit bis zehn Uhr schlug er tot, indem er langsam die Zehnte auf und ab fuhr.

Um viertel vor zehn hielt er nördlich des Treffpunktes an und wartete seelenruhig die Zeit ab. Als die Zeiger der Uhr am Armaturenbrett genau auf zehn Uhr wiesen, startete er erneut.

Von hier aus brauchte er genau vier Minuten bis zur Brücke. Er wollte Di Marcos Leute bewußt wartenlassen.

Die Straße stieg zur Brücke hin leicht an, deshalb konnte Monnier den wartenden Buick schon von weitem sehen. Der Wagen stand unbeleuchtet unter einer Laterne, kein Mensch war zu sehen. Von Manhattan her kamen zwei Wagen entgegen, fuhren vorbei. Fast im Schrittempo erreichte Monnier die Brücke und rollte nahe an dem Buick vorbei. Auf den Vordersitzen erkannte er die Umrisse zweier Männer. Monnier lächelte. Er war sicher, daß dies nicht die einzigen Gegner waren, mit denen er zu rechnen hatte.

Hundert Yard weiter wendete er und kam auf der Gegenfahrbahn zurück. Ein breiter Grünstreifen trennte die beiden Fahrbahnen. Genau gegenüber dem Buick hielt Monnier an. Er ließ den Motor laufen, stieg auf der Straßenseite aus und blieb neben der geöffneten Tür stehen.

Die Türen des Buick sprangen auf, zwei Männer stiegen aus, jeder trug einen Koffer. Die Männer blickten sich schnell um, und als sie keinen weiteren Wagen sahen, kamen sie herüber, sprangen über die Leitplanken und kamen dann langsam auf Monnier zu. Monnier erkannte in dem ersten Tony Gramza.

Gramza blieb vor Monnier stehen. »Wo ist die Ware?« fragte er.

»Machen Sie den Koffer auf«, forderte Monnier.

Gramzas Augen fuhren unruhig hin und her. »Hier?«

»Hier«, beharrte der Franzose. Mit einer Handbewegung deutete er auf die Motorhaube. Gramza zuckte die Achseln und wuchtete seinen Koffer auf das Blech, der andere Mann, es war Kelly Gombell, folgte seinem Beispiel. Gramza begann die Riemen seines Koffers zu lösen, ließ die Schlösser aufschnappen und hob den Deckel an. Monniers Augen tasteten die Geldbündel ab. Er faßte mit der Hand in den Koffer hinein, stieß die Finger bis auf den Boden, nickte dann zufrieden.

»Jetzt den anderen«, sagte er.

Kelly Gombell öffnete seinen Koffer. Monnier trat

heran und prüfte auch dessen Inhalt. »In Ordnung.«

»Jetzt sind Sie dran«, meinte Gramza gepreßt. Ihm gefiel die Gegend nicht. Irgendwo mußte Monniers Komplize im Hinterhalt lauern. Tony Gramza hatte das unangenehme Empfinden, daß die Mündung einer Kanone auf seinen Rücken gerichtet war. In diesem Augenblick verfluchte er seinen Boß, der ihm diesen Auftrag aufgehalst hatte. Tony dachte an seine Leute, die gegenüber an der Böschung lagen, doch er glaubte jetzt fast, daß der kleine Franzose die besseren Tricks auf Lager hatte.

»Stellen Sie die Koffer dort auf den Gehweg«, sagte Monnier und wies auf eine Stelle neben dem Mercury. Monnier beugte sich ins Innere des Wagens und drückte auf die Hupe. Das schrille Signal zerriß die Stille und ließ die beiden Gangster zusammenfahren. Monnier lächelte unergründlich. Gemächlich ging er um den Wagen herum. Gramza biß sich auf die Lippen. Monnier befand sich jetzt in Deckung. Der Gangster erkannte, daß er einen Fehler gemacht hatte, als er seine Leute nur drüben postiert hatte. Er hatte fest damit gerechnet, daß der Franzose auf derselben Seite wie er halten würde.

Monnier öffnete die hintere Tür und beugte sich über den Rücksitz. Mühsam zerrte er den schweren Sack heraus, stellte ihn neben den Wagen ab. Gramza trat näher. Monnier zog ein kleines Taschenmesser aus seiner Hosentasche, klappte es auf und schlitzte den Sack oben ein Stück auf. Dann sagte er: »Bitte, bedienen Sie sich!«

Monnier zog sich zurück. Die beiden Gangster drängten sich heran, beugten sich über den Sack und zerrten jeder eine Handvoll der grünen Zwanziger hervor. Monnier nahm die beiden Koffer in die Hand.

»In Ordnung?« fragte er.

»Einen Moment noch«, sagte Gramza. Sein Gehirn arbeitete auf Hochtouren, er suchte verzweifelt nach einer Möglichkeit, Monnier auszuschalten. Langsam drehte er sich um, sein Blick glitt über die Gestalt des kleinen Franzosen. Tony Gramza biß die Zähne zusammen. Er mußte handeln ...

Tony hatte die Hände frei, Monnier nicht. Gramzas Hand glitt mit einer geschmeidigen Bewegung unter den Aufschlag seiner Jacke. Als die Hand zurückkam, starrte Monnier auf den matt schimmernden Lauf eines großkalibrigen Revolvers.

»Hinstellen!« zischte Gramza.

Monnier rührte sich nicht. »Sie sind ein toter Mann, Tony, wenn Sie jetzt noch eine falsche Bewegung machen. Mein Partner steht hinter Ihnen ...«

Gramza fuhr herum, und in diesem Moment schienen tausend Dinge gleichzeitig zu geschehen ...

Bardette lief hinter mir her durch die Büsche. Plötzlich lag das Ufer des Flusses vor mir. Ich blieb stehen und wartete auf den Revierdetective. Durch das Geländer hindurch erkannte ich den Buick, dessen Türen gerade geöffnet wurden. Vier Männer stiegen aus, liefen am Geländer entlang auf die andere Seite des Harlem River und glitten dann dort die Böschung hinab. Sie verschwanden hinter Sträuchern und verhielten sich still. Die in dem Wagen verbliebenen Männer, ich schätzte Gramza und Gombell, zogen die Türen von innen zu.

Behutsam schlichen wir weiter, auf die Brücke zu. Die Oberfläche des Flusses unter der Brücke lag in pechschwarzer Finsternis, nur weiter westwärts, dort, wo der Schein der Laternen von der Brücke her auf das Wasser fiel, schimmerte die Oberfläche bleigrau.

Einige Wagen rollten über die Brücke, dann war es

wieder totstill. Der Harlem River ist ein schmaler Fluß, und jedes Geräusch von uns mußte auf der anderen Seite genau zu hören sein. Bardette und ich kamen nur langsam voran. Die Brücke lag jetzt ziemlich genau über uns, ich schätzte die Höhe auf zwölf Fuß. Der Buick befand sich nicht mehr in unserem Blickfeld. Ich hörte das Geräusch eines leise herangleitenden Wagens, hörte, wie er ausrollte und eine Tür geöffnet wurde.

Ich kroch die Böschung hinauf. Stachelige Sträucher zerkratzten mein Gesicht, Dornen hakten sich in meinen Anzug. Weiter. Ich erreichte das Niveau der Straße und spähte geduckt über die Fahrbahn.

Auf der anderen Straßenseite stand jetzt ein zweiter Wagen. Drei Männer beugten sich über die Motorhaube. Der eine, ein kleiner Mann, langte in den Wagen, und dann gellte ein kurzes Hupsignal durch die Stille. Die anderen Männer schleppten zwei Koffer, und alle drei gingen jetzt um den Wagen herum. Ich sah ihre drei Köpfe über dem Dach des grünen Mercury und glaubte, Tony Gramzas lange Gestalt zu erkennen.

Ich lauschte angestrengt auf die wenigen Worte, die gewechselt wurden, konnte jedoch nichts verstehen. Dann war da ein anderes Geräusch! Es hörte sich hohl an, so als ob Wellen glucksend gegen einen Bootsrumpf plätscherten.

Bardette stieß mich an. »Ich glaube, da kommt ein Boot mit der Strömung runter«, flüsterte er. »Sehen kann ich noch nichts . . .«

Einer der Männer an dem grünen Mercury sagte jetzt etwas mit erhobener Stimme. ». . . toter Mann, Tony . . . mein Partner steht hinter Ihnen . . .«

Ich hechtete hoch und flitzte über die Straße. Hinter dem Mercury peitschte ein Schuß. Ich sprang über die Leitplanke. Vom anderen Ufer her wurde ich unter Feuer genommen, das waren Gramzas Männer, die dort im Hinterhalt lagen. Ich schlug einen Haken, eine Kugel traf hinter mir die Leitplanke und wimmerte als Querschläger weiter. Dann nahm Bardette die Burschen dort unter Sperrfeuer.

Ich flitzte um den Mercury herum, zog gleichzeitig meinen Smith & Wesson und brüllte: »Keine Bewegung! FBI!«

Aus der Dunkelheit unterhalb der Brücke zuckte Mündungsfeuer. Tony Gramza lehnte leicht gekrümmt am Geländer. Ein kleiner Mann warf einen großen Plastiksack über das Gitter und schwang sich behend hinterher. Wie ein Schemen verschwand er.

Von beiden Seiten her jagten Streifenwagen heran, stoppten mit quietschenden Bremsen. Sie stellten sich quer und sperrten beide Fahrbahnen.

Ich sprang auf Tony Gramza zu, übersah in dem Moment Kelly Gombell, der hinter der Kühlerhaube des Mercury in Deckung gegangen war. Ich sah eine Bewegung aus den Augenwinkeln, fuhr herum und richtete meine Waffe auf Gombell. Der Gangster ließ seine Kanone sofort fallen, als er die schweren Schritte der Cops hörte. Unten, auf dem Fluß, sprang ein Motor an.

Tony Gramza streckte seinen Arm, ich erkannte einen Revolver in seiner Faust. Mit einem wilden Sprung war ich bei ihm und riß ihn zurück.

Der Gangster reagierte schwerfällig. Ich drehte seinen Arm nach hinten, bis er stöhnend die Waffe fallen ließ. Gramza war verletzt, er blutete an der linken Schulter, deshalb rechnete ich nicht mehr mit einem Angriff.

Doch Gramza war zäh. Unvermittelt umfaßte er mich mit dem rechten Arm, warf mich mit einem heftigen Ruck gegen das Geländer der Brücke. Der Schmerz zuckte durch mein Rückgrat. Gramza preßte sich gegen mich, drückte meinen Oberkörper über das Gitter. Sein verzerrtes Gesicht war genau über mir, sein keuchender Atem strich über meine Wangen.

Ich riß die Arme hoch, doch Gramza wich geschickt zur Seite, schlang seinen Arm urplötzlich von hinten um meinen Hals. Er rollte sich über das Geländer, ohne mich loszulassen, und einen Augenblick lang glaubte ich, er würde mir das Genick umdrehen. Ich gab dem Ziehen nach, drehte mich und rollte mich ebenfalls über das Geländer. In dem Moment ließ Gramza loß und verschwand in der Finsternis. Ich hörte, wie er auf die Wasseroberfläche schlug.

Hinter mir peitschten wieder Schüsse auf, offenbar ergaben sich die anderen Gangster nicht kampflos. Sie hatten eine gute Position, um in der Dunkelheit des Parks zu entkommen. Mit den Cops konnte ich so schnell also nicht rechnen.

Ich hing außen am Brückengeländer, wartete eine Sekunde, um Gramza nicht auf den Kopf zu springen. In meinem Gehirn verbiß sich ein einziger Gedanke – Tony Gramza durfte nicht entkommen, wenn wir Di Marco endlich das Handwerk legen wollten.

In diesen zwei, drei Sekunden registrierte ich das sich entfernende Brummen des Bootsmotors, die Schüsse und dann das heftige Bremsen eines weiteren Wagens. »Jerry!« Das war Phil, er hatte es also doch noch geschafft. Ich zögerte noch einen Moment, während mein Freund heranhetzte.

»Ein Boot!« schrie ich ihm entgegen. »Zum Hudson!« Dann sprang ich endgültig.

Der dunkle Umriß der Eisenbahnbrücke kennzeichnete die Mündung des Harlem River. Hammond nahm das Gas weg. Lautlos glitt die Barracuda in den Fluß hinein.

Der Schwung der Yacht reichte aus, um sie noch gut zweihundert Yard gegen die schwache Strömung voranzutragen, erst dann stellte Hammond das Gas wieder höher.

Auf dem linken Ufer erhoben sich Reihen flacher Häuser, die Lichter aus den Fenstern und Gärten spiegelten sich zitternd in der Wasseroberfläche. Weit voraus erkannte Hammond noch die Lichter der ZETA, bis sie hinter einer Flußbiegung verschwanden.

Hammond merkte sich die Stelle. Langsam fuhr er darauf zu, nah am rechten Ufer. Die Häuser auf der linken Seite wichen zurück, und Dunkelheit umfaßte die Barracuda. Hammond warf Claudia einen schnellen Blick zu. Das grünliche Licht der Instrumente ließ ihr Gesicht bleich erscheinen. Während der ganzen Fahrt hatte sie noch kein Wort gesprochen. Hammond wußte, daß sie damit ihre Mißbilligung an seiner Jagd ausdrükken wollte.

Die Barracuda hatte die Flußbiegung erreicht. Hammond verlangsamte erneut, spähte in die Dunkelheit. Die Lichter der ZETA waren nicht mehr zu sehen. Etwa dreihundert Yard voraus spannte sich eine hell erleuchtete Brücke über den Fluß, an ihrer Länge erkannte Hammond, daß der Harlem River hier sehr schmal war. Hammond versuchte, die Finsternis unter der Brücke mit den Augen zu durchdringen. Dann glaubte er, einen hellen Fleck für einen kurzen Moment dort auftauchen zu sehen, wo der Schein der Lampen auf der anderen Seite der Brücke über das Wasser fiel. Hammond war sicher, daß die ZETA dort im Schatten des Ufers lag.

Entschlossen schaltete er den Motor ab und ließ die Yacht ein Stück zurücktreiben. Äste kratzten über die Aufbauten. Hammond ließ sich vom Sitz des Ruderstandes gleiten und kletterte an Deck. Er griff nach den

Zweigen, tastete sich zu einem stärkeren Ast durch. Mit einem Seil verband er den Ast mit der Reling. Hammond schlang einen leichten Knoten, den er jederzeit schnell wieder lösen konnte.

Er stieg wieder ins Cockpit und spähte durch die offene Windschutzscheibe voraus. Von hier aus war der Schwung der Brücke gerade noch zu sehen.

Hammond zündete zwei Zigaretten an, eine schob er zwischen Claudias Lippen. Schweigend rauchten sie.

»Was willst du tun?« fragte Claudia endlich.

»Ich weiß es noch nicht«, antwortete Hammond rauh. Er fühlte sich nicht mehr so sicher wie noch vor wenigen Stunden. Die Finsternis zerrte an seinen Nerven. Quälend langsam verstrich die Zeit. Hammond hatte keine Ahnung, wie spät es war.

Um etwas zu tun, prüfte Hammond noch einmal seine Colt Commander, kletterte ins Heck, nahm die Harpune auf und drehte am Preßluftventil. Er schwang sich wieder in den gepolsterten Sessel und ging in Gedanken die verschiedenen Schalter und Knöpfe am Steuerpult durch. Vielleicht kam es später auf Geschwindigkeit an und darauf, wer besser mit seinem Schiff umgehen konnte.

Hammond zuckte zusammen, als dünn das Peitschen von Schüssen zu ihm herüberklang. Er beugte sich vor und spannte alle Sinne an. Auf der Brücke entstand eine Bewegung, Scheinwerfer fingerten einmal kurz über das Wasser, als dort ein Wagen heranpreschte und sich offenbar quer stellte. Etwas klatschte aufs Wasser, das Geräusch war hier überdeutlich zu hören. Hammond legte seine Hand auf den Starthebel. Mehrere Minuten vergingen, noch einmal hörte er eine schnelle Folge von Schüssen, und dann sah er die Bewegung auf dem Wasser.

Die Umrisse eines weißen Bootes erschienen für

wenige Sekunden im Schein der Lampen diesseits der Brücke. Lautlos zuerst glitt die Yacht heran, und dann hörte Hammond auch das Tuckern der Maschine.

Hammond warf seine Motoren an. Er wollte an Deck springen, um die Barracuda loszubinden, doch die ZETA fuhr mit voller Kraft auf ihn zu. Hammond drückte den Gashebel ganz nieder und warf das Ruder herum. Die Motoren brüllten auf und rissen die Barracuda vorwärts. Die Yacht gehorchte dem Druck des Ruders, schwang in einem Bogen herum und lag dann mitten auf dem Fluß, gehalten von der Leine, die sie mit dem Ast am Ufer verband.

Hammond zerbiß einen Fluch zwischen den Zähnen. Die weiße Yacht schoß heran, er sah ihre Umrisse scharf gegen den hellen Hintergrund der Brücke. Noch vierzig Yard ...

»Geh runter!« schrie Hammond Claudia zu. Das Girl rührte sich nicht. Wie gebannt starrte sie dem herannahenden Schiff entgegen.

Hammond legte den Schalter für den starken Bugscheinwerfer um. Gleißendes Licht überschüttete das Deck der ZETA. Hammond hielt die Barracuda schräg im Strom, die Motoren wühlten das Wasser auf. Die Yacht schien an ihrer Leine zu zittern wie ein Jagdhund, der sein Wild wittert.

Der gebündelte Strahl des Scheinwerfers drang ins Cockpit der ZETA und riß zwei verzerrte Gesichter aus der Dunkelheit. Eins verschwand, und dann tauchte die Gestalt eines Mannes auf der dem Licht abgewandten Seite neben dem Cockpit an Deck auf. Hammond warf das Ruder herum, um einen Zusammenprall der beiden Yachten zu vermeiden. Der Mann an Bord der ZETA schoß, die Kugel fetzte ein kleines Loch in die schräg gestellte Windschutzscheibe.

Hammond ließ sich von seinem Sitz fallen, er packte

Claudia am Arm und stieß sie die Stufen zur Kajüte hinab. In diesem Augenblick löste sich die Leine aus dem Ast. Die Barracuda schnellte wie von einem Katapult abgeschossen auf den Fluß hinaus. Es dröhnte, als sich der Bug der Barracuda in die Seite der ZETA bohrte.

Der Aufprall schleuderte Hammond gegen den Kartentisch, die Kante traf seine zerschundenen Rippen, und mit einem leisen Aufschrei stürzte Hammond zu Boden.

Er rappelte sich wieder hoch, seine Hand tastete über den Kartentisch, doch die Pistole war nicht mehr da. Mühsam schleppte er sich ins Heck und warf sich auf die Bank, auf der die Harpune lag. Er spürte das kalte Metall zwischen seinen Fingern und riß die lange Waffe an sich.

Die Barracuda war herumgeschwungen und lag jetzt neben der ZETA. Nebeneinander glitten die beiden Boote flußabwärts. Hammond sah eine undeutliche Bewegung über sich. Es war wieder dunkel um ihn herum, der Scheinwerfer war durch den Zusammenprall zersprungen. Hammond warf sich auf den Rücken und brachte die Harpune in Anschlag. Er sah einen grellen Mündungsblitz, der scharfe Knall eines Schusses biß sich in sein Hirn, etwas Heißes schlug in seine Hüfte. Hammonds Finger krampfte sich um den Abzug der Harpune. Der Rückschlag prellte seine Hand, scharf zischte die Preßluft durch das Rohr, und dann hörte er einen schrillen Aufschrei.

Hammond ließ die Harpune los. Mit beiden Händen zog er sich an der Bordwand hoch, griff nach der Reling der ZETA und kletterte schwerfällig hinüber. Er stolperte über eine Gestalt, die auf den Decksplanken lag. Hammond bückte sich, fand den rechten Arm des Mannes und die Waffe in seiner Hand. Die Hand wollte die

Pistole nicht loslassen, die Finger verkrampften sich um den Kolben. Hammond packte die Pistole am Lauf und drehte rücksichtslos.

Langsam stand er auf, kämpfte gegen ein Schwindelgefühl. Neben sich fühlte er den Aufbau des Cockpits, seine tastenden Hände fanden die Schiebetür. Im Schein der Instrumente erkannte er die kleine Gestalt des älteren Franzosen.

Hammond schwankte, als er sagte: »Stop! Halten Sie an oder ich schieße Ihnen den Kopf von den Schultern!«

Monnier wirbelte herum, seine schlanken Hände ließen das Ruder los. Die ZETA drehte sich, polternd schlugen die Rümpfe der ZETA und der Barracuda aneinander. Träge drehten sich die beiden Boote, fuhren auf das linke Ufer des Harlem River zu und bohrten sich dann in die Böschung.

Monnier verlor den Halt, stolperte, richtete sich jedoch schnell wieder auf. Hammond schwankte, kämpfte mühsam gegen eine aufkommende Ohmacht an. Er wußte genau, daß er sich nicht mehr lange auf den Beinen halten konnte. Und er wußte, daß Monnier auf diesen Augenblick wartete. Hammond wollte schießen. Er hob die Pistole, peilte über den schwankenden Lauf, sein Zeigefinger krümmte sich um den Abzug. Er atmete keuchend. Schieß doch, rief er sich selber zu. Verdammter Idiot, schieß doch, oder der Kerl bringt dich um! Hammond spürte, wie ihm der Schweiß in Strömen über das Gesicht lief. Hammond ließ sich gegen den Türrahmen fallen und schnappte erschöpft nach Luft. Er wußte, daß er nicht auf einen Wehrlosen schießen würde . . .

Das Wasser schlug über mir zusammen. Es war warm und tief. Ich tauchte bis zum Grund, stieß mich heftig ab und schoß zur Oberfläche zurück. In der rechten Hand hielt ich immer noch meinen Revolver. Mein Anzug saugte sich voll Wasser und wurde bleischwer.

Die leichte Strömung erfaßte mich. Ich ließ mich treiben, half mit langsamen Schwimmbewegungen nach. Vor mir, noch im Schatten unter der Brücke, kämpfte Tony Gramza um sein Leben, jedenfalls erschien es mir so. Mit einigen kräftigen Stößen war ich bei ihm. Er schnaubte, und wild schlugen seine Arme auf das Wasser. Ich versuchte, ihn von hinten zu umfassen. Gramza schlug nach mir mit dem unverletzten Arm und erwischte mich tatsächlich empfindlich am Hals. Ich war für einen winzigen Moment abgelenkt, schluckte Wasser, strampelte mit den Beinen, um überhaupt über Wasser zu bleiben. Ich hätte meinen Smith & Wesson aufgeben sollen, doch kein G-man tut das freiwillig, wir haben da ein Ehrgefühl, das niemand zu formulieren vermag.

Ich wollte gerade wieder zum Angriff übergehen, als Gramza sich mit einem wilden Schwung auf mich warf und mich unter Wasser drückte. Ich hatte meine Lungen nur halb voll Luft, während Tony seine wahrscheinlich vollgepumpt hatte, bevor er mit mir untertauchte.

Gramza war verletzt, das war ein Handikap für ihn. Ich brauchte also nicht nervös zu werden, lange würde er es unter Wasser nicht aushalten. Ich bekam meine Arme frei. Gramza hatte meinen Hals gepackt. Er befand sich etwas über mir. Ich umschlang seine Hüften, gab meinem Körper mit den Beinen einen Aufwärtsschwung, so daß ich über Gramza kam und ihn tiefer unter Wasser drückte.

Der Gangster geriet sofort in Panik. Er begann, wild mit den Armen und Beinen zu strampeln, ich hörte, wie er sprudelnd die Luft ausstieß. Ich versetzte ihm noch einen Stoß und ließ los. Ich sauste nach oben, riß den Mund auf, pumpte meine Lungen voll. Neben mir durchstieß Gramzas Kopf die Wasseroberfläche.

Er gab auf. Völlig erschöpft legte er sich auf den Rükken, als ich ihn von hinten ergriff und ihn schwimmend zum Ufer schleppte.

Zwei Cops rutschten die Böschung hinab, zogen den Gangster aus dem Wasser. Bardette lehnte oben auf der Brücke am Geländer.

»Cotton!« rief er. »Hier oben ist alles klar! Stromabwärts liegen zwei Boote! Ihr Freund ist dort . . .«

Ich zog mich an Land und schüttelte die Nässe aus meinem Anzug. Ich befand mich auf einem schmalen Weg, der am Flußufer entlangführte. Ohne zu zögern rannte ich los.

Ich sah die beiden Boote erst, als ich sie schon fast erreicht hatte. Sie hatten sich im Ufergestrüpp verhakt. Ich blieb stehen, lauschte, doch nichts war zu hören. »Phil!« rief ich leise.

»Hier!« antwortete mein Freund. Zweige brachen, dann tauchte er neben mir auf. »Dann wollen wir mal . . .«

Wir sprangen an Bord, tasteten uns an den Aufbauten entlang. Ich bemerkte eine offene Tür, grünlich schimmerndes Licht und die Konturen zweier reglos dastehender Männer.

»Hände hoch!« rief ich energisch. Niemand rührte sich. Nur eine Stimme mit leichtem Akzent sagte: »Befreien Sie mich von dem Irren . . . er will mich erschießen . . .«

Ich griff nach dem Mann an der Tür, fühlte einen verkrampften Arm, drückte den Arm hoch und wand eine Waffe aus der Hand, die zu dem Arm gehörte. Phil schlüpfte an mir vorbei, und dann flammte die Innenbeleuchtung auf.

Der Mann neben mir sah mich starr an, seine Augen waren blutunterlaufen, das Gesicht mit aufgeplatzten Wunden bedeckt. »Der da . . .« stammelte er mühsam, »der da hat Bradbeer ermordet . . . Falschgeld . . .«

Der Mann sackte plötzlich weg. Ich fing ihn gerade noch auf und ließ ihn sanft zu Boden gleiten. An seiner Hüfte bemerkte ich eine frische Wunde.

Hinter mir hörte ich leichte Schritte und wirbelte herum. Ein Girl stand da und hielt eine Pistole auf mich gerichtet.

»Claudia Bradbeer!« sagte ich. »Wir haben Sie gesucht . . . ich bin Jerry Cotton vom FBI.«

Sie ließ die Waffe sinken, Tränen traten in ihre Augen, als sie sich zu dem Mann hinabbeugte. »Er hat nichts getan«, stammelte sie. »Er wollte nur die Beweise suchen . . .«

»Beweise?«

»Diese Männer haben meinen Vater ermordet . . .« Sie stockte. »Der andere liegt draußen, ich bin über ihn gestolpert . . .«

Ich sprang nach draußen. Dort lag der zweite Mann. »Licht!« rief ich. Phil schaltete alle Lampen an. Der Mann hatte den Pfeil einer Harpune in der Schulter stecken, gleich neben dem Schultergelenk. Er hatte viel Blut verloren und war ohne Besinnung. Wir brauchten schnellstens einen Krankenwagen.

Phil signalisierte mit einer Batterielampe zur Brücke hin. Während wir auf die Ambulanz warteten, erzählte Claudia alles, was sie wußte. Und ich mußte zugeben, sie und der Mann kannten die Zusammenhänge besser als wir.

»Werden wir bestraft?« fragte Claudia zaghaft.

»Ich weiß nicht. Vielleicht wegen der Verbreitung von Falschgeld, aber machen Sie sich darüber keine Sorgen.« Ich ging an Deck. Der Plastiksack lag dort. Von dem Fall von der Brücke war er aufgeplatzt, die grünen Scheine lagen verstreut herum.

Phil rief mir etwas zu, dann kam er an Deck, wobei er einen Mann vor sich herschob, der bisher noch nicht im Gespräch war. Er hatte nichtssagende Gesichtszüge und abstehende Ohren.

»Wer ist das denn?« fragte ich verblüfft.

»Er war unten eingesperrt«, berichtete Phil.

Ich warf dem Franzosen einen Blick zu. »Menschenraub«, sagte ich.

Der Franzose lächelte. »Es kommt doch wohl kaum noch darauf an, oder?«

»Vermutlich nicht«, gab ich zu. »Sie sind verhaftet wegen Mordes oder Anstiftung zum Mord, Verbreitung von Falschgeld und Menschenraub. Das genügt zunächst.«

»Vielleicht kann ich mit Ihnen ein Geschäft machen?«

»Mit mir bestimmt nicht. Was haben Sie schon zu bieten?«

»Di Marco. Der Bursche da ist Di Marcos Mann. Ich weiß, daß Di Marco Bradbeers Bootsmann ermorden ließ, und ich habe drei Millionen Dollar an Bord, die von Di Marco stammen, er wollte das Falschgeld damit kaufen. Vielleicht können Sie nachweisen, daß Di Marco einen Teil des Geldes bei seiner Bank abgehoben hat?«

Ich hörte Sirenengeheul. Dann kämpften sich Cops und mehrere Sanitäter durch das Unterholz. Der verletzte Franzose und Hammond wurden ins Krankenhaus geschafft, Monnier von zwei Uniformierten abtransportiert. Andere Uniformierte übernahmen die beschädigten Motoryachten.

Phil und ich begleiteten Claudia zur Brücke, wo wir das Girl Bardette übergaben. Phil und ich hatten noch etwas zu erledigen. Wir kletterten in seinen Wagen.

»42. Straße, Waterman Building«, sagte ich müde. »Diesmal schlüpft uns Di Marco nicht durch die Lappen.«

Phil grinste. »Willst du mit deinem nassen Anzug bei Di Marco auftauchen?«

»Es wird ihm ziemlich egal sein. Ich jedenfalls möchte das Vergnügen, ihm Handschellen anzulegen, so schnell wie möglich haben. Fahr schon los . . .«

Eine knappe Stunde später lieferten wir Di Marco im Distriktgebäude ab. Di Marco schrie lauthals nach seinem Anwalt. Er behauptete, daß ihm nichts zu beweisen sei. Wir ließen ihn in seinem Glauben. Jetzt hatte der Staatsanwalt das Wort . . .

ENDE

**Als nächstes Jerry-Cotton-Taschenbuch erscheint in Kürze der spannende Roman:**

## Madame – Ihr Mörder steht zu Diensten

**Und so beginnt dieses neue Abenteuer des G-man Jerry-Cotton:**

Linda Sherwood räkelte sich in der Sonne. Sie ruhte bäuchlings auf der Gummimatratze neben dem Swimmingpool. Nackt. Sie hatte nichts auf dem Leib außer ihrem Ehering. Sie genoß den Gedanken, daß sie den Ring nach all diesen Jahren nicht mehr zu hassen brauchte. Wenn das Telefon läutete, würde James tot sein.

Ermordet.

Es war ein angenehmer Gedanke. Faszinierend. Witwe mit siebenundzwanzig! Erbin von fünfundreißig oder vierzig Millionen Dollar. Und frei. Endlich frei!

Seufzend drehte sie ihren Kopf zur Seite. Sie genoß die Wärme auf ihrer glatten Haut und betrachtete das Schwimmbassin durch das neben ihr stehende Glas. Eis, Gin und Champagner. Es war amüsant, die aufsteigenden Luftbläschen zu verfolgen. Die Lichtreflexe. Die glitzernde, heitere Symbolik von Luxus und Reichtum. Vierzig Millionen!

Sie schloß die Augen. Warum läutete das Telefon nicht? Der Mann hatte ihr zugesichert, daß es noch vormittags geschehen würde. Voraussichtlich zwischen elf und zwölf Uhr. Jetzt war es elf Uhr vierzig.

Der Mann! Enrico Czarwatzki. Sein Name war so seltsam und kompliziert wie er selbst. Ein bißchen schmierig vielleicht. Egal! Von einem Mörder konnte man nicht erwarten, daß er gesellschaftliche Normen erfüllte. Es genügte, daß er tötete. Was waren schon zehntausend Dollar Blutgeld, gemessen an einer Ernte von vielen Millionen?

Linda Sherwood verdrängte das Bild des Killers aus ihrer Vorstellung. Es paßte nicht hinein. Enrico Czarwatzki war ein häßlicher Schatten, den sie schnell vergessen wollte.

Blinzelnd hob sie die Lider. Das Telefon stand auf der sonnenüberfluteten Terrasse. Es funkelte und strahlte, als sei es sich seiner Bedeutung bewußt.

»Läute, nun läute doch endlich!« preßte Linda Sherwood durch ihre Zähne.

Sie merkte, wie ihre gute Laune von wachsender Nervosität verdrängt wurde. War etwas schiefgegangen? Nein, Enrico Czarwatzki war kein Versager. Seine düstere Entschlossenheit hatte ihr imponiert.

Linda Sherwood entspannte sich erneut. Nach fünf Jahren Ehe kam es wahrhaftig nicht auf fünf Minuten an.

»Good bye, James«, sagte sie leise. »Ich habe dir meine besten Jahre geschenkt. Es wird Zeit, daß du dafür bezahlst. Ich hasse dich, du Bastard!«

Du bist ungerecht, meldete sich ihr Gewissen zu Wort. Er hat dich geliebt und bewundert. Was konnte er dafür, daß seine Eifersucht dir das Leben zur Hölle machte? Es war seine Veranlagung, er war ihr hilflos ausgeliefert.

»Du hättest mich nicht an die Kette legen dürfen«, führte sie ihren Monolog fort. »Das war ein Fehler, James. Ich brauche meine Freiheit. Ich bin schön. Du hattest kein Recht, diese Schönheit zu deinem Privatbesitz zu erklären.«

Das Telefon läutete. Linda Sherwood schreckte hoch. Ihr Herz hämmerte wild. Es war soweit!

Du mußt ruhig bleiben, warnte sie sich. Du darfst nicht zum Telefon rennen. Du mußt jetzt und in dieser

Sekunde damit beginnen, dich völlig normale zu benehmen. Nur dann hast du eine Chance, mit dem Mord davonzukommen.

Sie streifte ihren Bademantel über und schritt barfuß zur Terrasse. Im Gehen verknotete sie den Gürtel. Sie schluckte, als sie nach dem Hörer griff.

»Sherwood«, meldete sie sich.

»Linda, Liebste«, tönte ihr eine helle, etwas überdreht wirkende Mädchenstimme entgegen. »Ich bin so froh, dich anzutreffen. Dreimal darfst du raten, wer hier spricht! Endlich bin ich mal wieder in meinem geliebten New York. O Gott, warum bin ich nur von ihm weggegangen? Texas ist bombastisch, scheußlich und herausfordernd provinziell . . .«

Linda Sherwood biß sich so heftig auf die Unterlippe, daß es schmerzte. Ausgerechnet Myriam Price, diese Nervensäge!

»Es ist eine Ewigkeit her, daß wir voneinander gehört haben, Myriam«, hörte sie sich sagen. »Ich dachte schon, du willst von deinen alten Freunden nichts mehr wissen.«